書下ろし

仇《あだ》返《がえ》し

風烈廻り与力・青柳剣一郎⑰

小杉健治

祥伝社文庫

目次

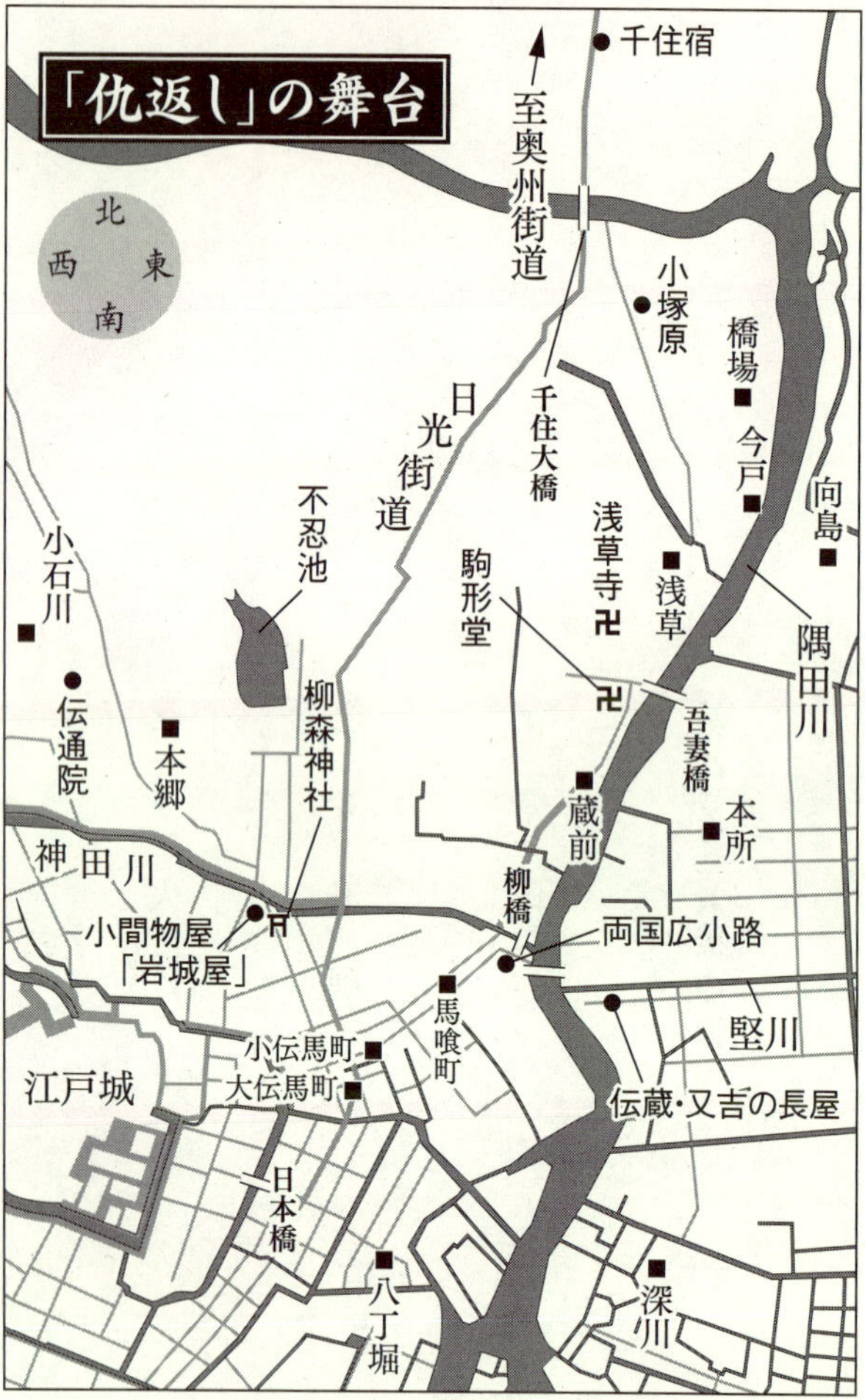
「仇返し」の舞台
北
東
西
南
千住宿
至奥州街道
小塚原
橋場
今戸
向島
千住大橋
日光街道
浅草寺
浅草
不忍池
駒形堂
隅田川
小石川
伝通院
本郷
柳森神社
吾妻橋
蔵前
本所
神田川
柳橋
小間物屋
「岩城屋」
両国広小路
馬喰町
堅川
小伝馬町
大伝馬町
江戸城
伝蔵・又吉の長屋
日本橋
八丁堀
深川

第一章　火付け

一

昌平橋《しょうへい》を渡って、八辻ケ原《やつじはら》を突っ切る。夜になって、暑さはいくぶんやわらいだが、草いきれがむっとする。

外に縁台を出して涼を求めたひとびとも、この時間になると家の中に入って、仕舞《しま》い忘れたのか、縁台だけがとり残されたように置かれたままだ。

きょうは非番である南町奉行所の与力青柳剣一郎《あおやぎけんいちろう》は着流しに深編笠《ふかあみがさ》をかぶっていた。

深編笠をかぶるのは左頰の青痣《あおあざ》をひとに見せないためである。青痣を見られることがいやだからではない。逆の理由だった。

剣一郎が与力になりたての頃、押し込み事件があった。その押し込み犯の中に単身で乗りこみ、賊《ぞく》を全員退治した。そのとき頰に受けた傷が青痣として残った。だが、その青痣が、勇気と強さの象徴のように捉《とら》えられた。ひとびとは畏敬《いけい》の念をもって、剣一郎のことを青痣与力と呼ぶようになったのである。

今、青痣与力のことは世間にあまねく知れ渡った。剣一郎に会ったことのない者でも、左頬の青痣を見れば、青痣与力とわかる。八丁堀《はっちょうぼり》特有の着流しに巻羽織という格好でなくとも、青痣だけで青痣与力と知れてしまう。青痣与力と知れば、ある者は緊張し、ある者は気を使う。

だから、非番のおりの外出時は笠をかぶり、左頬の青痣がひと目に触れないようにしているのだ。

小石川片町《こいしかわかたまち》にある近習番頭の小野田彦太郎《おのだひこたろう》の屋敷からの帰りだった。伜剣之助《せがれけんのすけ》の嫁となった志乃《しの》の実家である。

いよいよ、剣之助と志乃が酒田《さかた》から帰って来る。そのための話し合いに赴《おもむ》いたのだ。小野田家とは正式に縁戚関係になるのである。

ふたりが江戸に戻るという喜びからか、酒を酌《く》みかわすうちにすっかり時の経《た》つのも忘れてしまい、帰りがこの時刻になってしまったのだ。

提灯《ちょうちん》がなくとも、月明かりに歩くのには不自由しない。時の鐘が夜五つ（午後八時）を告げてからだいぶ経つ。

神田須田町《かんだすだちょう》に差しかかったとき、ふと目の端を横切った黒い影があった。剣一郎はとっさに目を転じた。

通りには旅籠《はたご》や商家などが並んでいる。黒い影は、小間物問屋の『岩城屋《いわき》』の横の路地に消えた。背を丸め、足を忍ばせた動きに、不審を抱いた。ひと目をはばかるような動きだ。

この『岩城屋』は大名家にも品物を納めている御用商人だ。小売りもしていて、かなり繁盛《はんじょう》している。

ちょっとでも気になることは確かめておかねばならない。考え過ぎだったら、それはそれでいいことだ。

剣一郎は迷わず、黒い影を追って路地に入った。『岩城屋』の裏手にやって来たが、すでに黒い影はない。

さらに、先に行き、剣一郎は左右を見回した。裏長屋の路地に猫が歩いているだけだ。こっちまで来たとは思えない。姿が見えないのは、どこかの家の裏口に消えたのかもしれないと思いながら、剣一郎は引き返した。

再び、『岩城屋』の裏手に出た。そこに裏口がある。まさか、この裏口に消えたのかと思っていると、突然、裏口の戸が開き、男が飛び出して来た。小肥《こぶと》りの男だ。さっきの黒い影の主に間違いない。

男は剣一郎の姿に驚愕《きょうがく》し、立ちすくんだ。そして、すぐ態勢を立て直し、横に逃げようとした。剣一郎は男に飛び掛かった。

抵抗したものの、当て身をくらわせると、男はうっと呻《うめ》いてその場に倒れた。焦《こ》げ臭《くさ》い匂いがした。

そのとき、塀の中から何か、はぜる音がした。編笠をとり、剣一郎は裏口に飛び込んだ。すると、母屋《おもや》の一部に炎が見えた。

「火事だ。裏手だ」

剣一郎は叫び、家人を起こした。

雨戸が開き、男が顔を出した。庭をまわって下男ふうの男が駆《か》けつけた。

「水だ」

剣一郎も手伝い、井戸から水を汲み、手渡しで火元にかけた。

近くの火《ひ》の見櫓《みやぐら》の半鐘《はんしょう》が続けざまになった。

擦《す》り半鐘の音に、奉公人も大勢出て来たので、あとを任せ、剣一郎は裏口を飛び出し、外に倒れている男に駆け寄った。

男の懐《ふところ》から黒い布に包まれたものを取り出した。

火打ち石に、油を染み込ませたぼろ布だ。

そこに、火消しの連中が大勢、路地に入って来た。

「中だ」

剣一郎は言う。

火消しが裏口からなだれを打って駆け込んだ。

自身番の者や木戸番も駆けつけて来た。

「これは青柳さまではありませぬか」

自身番の番人が剣一郎を見た。中年の男だ。

「定町廻りの植村京之進《うえむらきょうのしん》に使いをやってくれ」

「へい」

番太郎が走って行った。

庭のほうの騒ぎが静まってきた。火も無事に消せたようだ。

剣一郎は男を起こし、活を入れた。

呻き声をもらし、男は虚《うつ》ろな目を開いた。あたりをきょろきょろ見回した。そして、剣一郎の顔を見て、ぎぇっと叫んだ。

「名は？」

唇《くちびる》を真一文字に結んで、首を横に振った。

「なぜ、火を付けたのだ？」

剣一郎は問い詰めたが、やはり、男は口を開こうとしなかった。

細い目の奥が、鈍く光っている。恨《うら》みの籠《こ》もったような目だ。

「『岩城屋』を狙《ねら》ったわけは？」

やはり、答えようとしない。だが、やったことは間違いない。

庭に入り込んでから火を付けているのだから、最初から『岩城屋』を狙ったのだ。

裏口の戸が開いた。火消しの頭といっしょに恰幅《かっぷく》のよい男が出て来た。三十半ばの眉《まゆ》の濃い男である。

「青柳さま。『岩城屋』の浜右衛門《はまえもん》にございます。おかげさまで大事にいたりませんでした」

「それはよかった」

「物置小屋を燃やし、家の一部が焼けましたが、すでに火は鎮火《ちんか》しました。発見が早かったのが、何よりでした」

火消しの頭が報告した。

「ごくろうだった。いや、そのほうたちも駆けつけるのは早かった」

「いえ、私たちの出番はありませんでした。では」

頭は現場に引き返した。

「あっ、おまえは」

浜右衛門が男を見て顔色を変えた。

「知っているのか」

「はい。半年ほど前に雇い入れ、ひと月前まで下男として働いていた伝蔵《でんぞう》という男です」

浜右衛門は呆《あき》れたように伝蔵を見た。

「なんと、ここの下男だったのか。やめた理由は？」

剣一郎は改めて伝蔵を見た。鼻が横にひらべったく、唇も厚い。無精髭《ぶしょうひげ》がいっそうむさ苦しい印象だ。

「はい。夜中に家の中に忍び入ったのです。盗みを働こうとしたのでしょう。お役人には訴えませんでしたが、やめてもらいました。そのことを恨みに思って、こんな真似《まね》を。おまえという男は……」

浜右衛門は憎々《にくにく》しげに伝蔵を睨《にら》みつけた。

「くそっ」

伝蔵は恨みがましい目を浜右衛門に向けたまま、悔《くや》しそうに唇を噛《か》みしめた。

「あとで、定町廻り同心のほうから詳しく事情をきくことになる。そのとき、改めて話すのだ」

剣一郎は浜右衛門に言う。

「わかりました」

浜右衛門は頷《うなず》いた。

そこに植村京之進が手札を与えている岡っ引きが駆けつけた。

「青柳さま。遅くなりました」

「ごくろう」

そう言ってから、剣一郎は簡単に経緯を説明し、

「この男を縛り上げ自身番に連れて行ってくれ。その前に現場を見ておいたほうがいい」

「へい」

伝蔵を縛り上げたあと、岡っ引きは浜右衛門といっしょに裏口を入って行った。

「しちべえ……」

縛られた伝蔵が低い声で呻くように言った。しちべえとは誰かの名か。

「しちべえとは誰だ？　七兵衛という男のことか」

剣一郎は伝蔵を問い詰めた。

伝蔵ははっとしたように目を剝《む》いたが、

「知らねえ」

と、言ったきり、口をつぐんだ。唇を固く嚙み、二度と口を開こうとしなかった。

岡っ引きが戻って来た。

「確かめてまいりました。たいしたことなく済んで幸いでした」

「よし。伝蔵を連れて行こう」

「へい」

岡っ引きは男の縄尻《なわじり》をとって、引き立てた。

京之進は八丁堀の組屋敷からやって来るのでもう少し時間がかかりそうだった。

近所の者たちも外に飛び出していたが、騒ぎが収まると、だんだん人数も減っていった。

木戸番と通りをはさんで並んで建っている自身番にやって来た。間口三間（約五・四メートル）、奥行き二間半（約四・四メートル）と狭い。

だが、番人や家主などが過ごす三畳の畳の向こうに咎人《とがにん》の疑いのある者を縛りつけておく場所がある。

伝蔵をそこの柱に縛りつけた。

剣一郎は自身番の外で、京之進の到着を待った。会って、伝えておきたいことがあったのだ。

それから、しばらくして、京之進がやって来た。剣一郎の姿を見て、京之進は姿勢を正した。

「青柳さま。遅くなりました。今、『岩城屋』に寄って来ました」

「ごくろう。火を付けたのは、ひと月ほど前まで『岩城屋』で下男として働いていた伝蔵という男だ」

剣一郎は、奉行所内の若手の与力や同心から畏敬と憧れの念で仰《あお》ぎ見られているが、中でも、この京之進ほど剣一郎を崇《あが》めている者はいない。

剣一郎は風烈廻り与力であるが、年番方与力の宇野清左衛門《うのせいざえもん》から難事件については特に定町廻り同心に手を貸すように頼まれ、その期待に応えてきた。

そういう手腕に対して、誰もが剣一郎を特別な存在として見ていた。もちろん、奉行所内の全員が剣一郎を尊敬しているというわけではない。

ただ、露骨《ろこつ》に剣一郎に逆らうわけでもない。陰口を叩く程度だ。いわゆる、嫉妬《しっと》だ。特に、奉行所内の一番の実力者である年番方の宇野清左衛門から目をかけられていることに対してのやっかみだ。

「逆恨みをしたのでしょうか。さっそく、伝蔵を大番屋に連れて行き、取り調べをします」

京之進が意気込んで言う。

「うむ。そのことだが、ちょっと気になることがある」

剣一郎は真顔になって京之進に言った。

「なんでございましょうか」

「伝蔵は『岩城屋』の庭に入り込んで火を付けた。どうやって庭に入ったのか。下男だったから、屋敷内の様子は詳しかったと思うが、そんなにあっさり忍び入ることが出来たのか」

屋敷内にもぐり込んで火を放つのは完璧を求めたからであろう。それほど逆恨みをしていたということにもなる。

だが、『岩城屋』とて戸締りは十分にしていたであろう。まさか、裏口の錠《じょう》をし忘れたわけではあるまい。

「わかりました。調べてみます」

京之進はうやうやしく答えた。

「では、あとは頼んだ」

剣一郎は自身番を離れ、八丁堀の組屋敷に急いだ。


屋敷に戻ったのは四つ半（午後十一時）を過ぎていた。妻の多恵《たえ》は起きて待っていた。剣一郎がどんなに遅く帰宅しようが、多恵は化粧も落とさず、毅然《きぜん》とした姿のまま待っていた。

夫より先に寝ることも、夫よりあとに起きることもない。多恵はまさに武士の妻の鑑《かがみ》といえた。

「職人さんもだいぶ張り切ってくださっています。剣之助が戻りますまで、十分に間にあいそうにございます」

剣之助夫婦が住むには屋敷は狭い。そこで、宇野清左衛門に増築の許可を求め、その許しを得て、普請《ふしん》にかかっていた。

新たに離れを建て、母屋と渡り廊下で結ぶというものだ。許しを得たのは、この屋敷は剣一郎のものではない。拝領屋敷であったからだ。

「そうか。よかった。三日前までは雨が続き、どうなることかと思ったが、まずは一安心だ」

　この十日ほどは雨の日が多く、ほとんど作業が進まなかった。一昨日《おととい》ぐらいから天気も回復し、やっと仕事にとりかかることが出来た。

「いよいよ、剣之助が帰って来るか」

　剣一郎は覚えず口元がほころんだ。

　もっとも、大はしゃぎは出来ない。というのも、剣之助と志乃が江戸を離れたのには、深い事情があった。

　旗本脇田清右衛門《わきたせいえもん》の次男清十朗《せいじゅうろう》との祝言《しゅうげん》を控えていた志乃を奪い、剣之助は志乃を伴い酒田に向かった。

　脇田清右衛門は上役という立場を利用し、伜清十朗の嫁にと小野田彦太郎に迫ったのである。小野田家は応じるしかなかった。

　剣之助があのような挙に出たのも、脇田清十朗が女にだらしがなく、評判の悪い男だったからだ。もし、清十朗が立派な男ならば、剣之助は志乃の仕合わせを願って、黙って引き下がったはずだ。

　小野田家も脇田家への輿入《こしい》れには乗り気ではなかった。志乃のためにも、この縁組を破談にしたかった。そこに、剣之助の登場だ。小野田家は剣之助に志乃を託《たく》したのだ。

脇田家では、志乃に逃げられた屈辱《くつじょく》よりも世間に対する恥《はじ》を慮《おもんぱか》り、派手に騒ぎ立てをすることはなかったが、恨みは大きかったはずだ。

しかし、今では、清十朗も晴れてある旗本の娘と祝言を挙げたと聞いた。その間、志乃の父親小野田彦太郎は脇田家には何度も詫びに行っている。

もう過去のことを根に持っていないと脇田清右衛門は話したというが、剣之助と志乃の派手な祝言は遠慮しようということで話がついていた。

すでに夫婦となって二年近く経っていることだし、身内だけでささやかに祝おうということになったのだ。

剣之助がどんな男になっているか、剣一郎は期待に胸を膨《ふく》らませた。

二

翌日、剣一郎が出仕し、与力部屋にいると、見習いの坂本時次郎《さかもとときじろう》がやって来た。

また、宇野清左衛門からの呼び出しかと思っていると、『岩城屋』の浜右衛門が訪ねて来たという。

「客間でお待ちでございます」

「客間で？」

客間に通したことに、剣一郎は驚いた。

「長谷川《はせがわ》さまが客間にお通ししろと」

「長谷川さまが？」

気づかれぬように、剣一郎は顔をしかめた。

内与力の長谷川四郎兵衛《しろべえ》は日頃から剣一郎を仇《かたき》のように思っていて、いつでも難癖《なんくせ》をつける。剣一郎に対する敵愾心《てきがいしん》は半端ではない。内与力という制度について、剣一郎が批判的だからに違いない。

内与力というのは、奉行所内の与力ではなく、お奉行が赴任するときに自分の股肱《ここう》と頼む家来を連れて来るのだ。その数、十人ぐらい。

剣一郎はその弊害《へいがい》を説いたことがある。なにしろ、お奉行が任を解かれたら、引き上げてしまうのだ。それより、お奉行の威光を笠に着て、威張《いば》っている。手当てとて、十分にもらっている。

そんな内与力のあり方に疑問を呈《てい》した剣一郎が憎たらしいのだろう。長谷川四郎兵衛にとって剣一郎は天敵なのかもしれない。

その長谷川四郎兵衛が剣一郎を訪ねた客を客間に通すとは考えられない。思うに、四郎兵衛は岩城屋浜右衛門と交流があるのだろう。すなわち、岩城屋は日頃から奉行所に付け届けをしているのだ。今回も、剣一郎に謝礼を持って来たと思い、客間に通したのではないか。

ふつうなら、剣一郎の客に、そのようなもてなしはしない。

剣一郎は客間に赴いた。

浜右衛門が畏《かしこ》まって座っていた。浜右衛門はもともとは『岩城屋』の番頭だった男で、婿《むこ》に入って『岩城屋』を継いだのだという。浜右衛門は、大名屋敷に積極的に取り入り、やがて、店を大きくさせた。

かなりなやり手と評判の男らしく、きのうのきょうにさっそく奉行所まで挨拶《あいさつ》にきた。こういう気配りや行動力が店を大きくしていった要因なのかもしれない。

「青柳さま。このたびは、おかげさまで大事にいたらずに済みました。まことにありがとうございました」

浜右衛門はうやうやしく礼を述べた。

切れ長の目に鷲鼻《わしばな》、唇は薄く赤い。何に対しても自信に満ちているが、どこか酷薄《こくはく》さが感じられる。それでなければ、あれほどの商売は出来ないのかもしれない。

「被害はどうだったのだ？」

一日経って、改めて調べたら、思いの外被害が大きかったということもあり得る。

「はい。物置が全焼しましたが、母屋のほうは柱や壁の一部を焦がした程度でした。消火が早かったので、その程度で済んだようです。これも青柳さまのおかげ」

「いや。たまたまだ」

運がよかったというべきだろう。もし、時間がずれていたら、伝蔵を見かけることはなかったのだ。

「これは詰《つ》まらぬものでございますが、お礼の印に」

持って来た菓子折りと懐紙に包んだものを差し出した。包みの厚さから十両はある。

「そのようなものを受け取るわけにはまいらん。当たり前のことをしたまで」

剣一郎は受けることを拒否した。

「そう仰《おつしや》らず、お受け取りくださいませ。もし、青柳さまがいらっしゃらなかったら、どれほどの損害を被《こうむ》っていたか。いや、そればかりではありません。場合によっては、他家へも類焼し、たいへんな惨事《さんじ》になっていたかもしれません」

いったんは固辞《こじ》してみせるが、剣一郎は必ず受け取るものと、浜右衛門は信じているようだ。

「いや、受け取る気はない。そなたは、奉行所にも付け届けをしているのであろう。その上に、このような真似をする必要はない。この菓子折りのみ、ありがたく頂戴《ちょうだい》しておく」

剣一郎は菓子折りに手を伸ばした。

浜右衛門が意外そうな顔をした。

「でも、長谷川さまには」

「長谷川四郎兵衛が何ごとにも謝礼を寄越せと言っているのかもしれない。長谷川さまから何か言われたとしても、聞き入れる必要はない」

「さようでございますか」

浜右衛門は金を引っ込めた。

「それより」

その話を打ち切るように、剣一郎は話題を移した。

「伝蔵という男のことだが、どんな人間だったのだ?」

「店の者にきくと、口数が少なく、何を考えているのかわからないような男だったということです」

「どういう伝《つて》で雇ったのだな」

「はい。それ以前に奉公していた吉松《よしまつ》という下男が急にやめました。それで、『松葉《まつば》屋』という口入れ屋の紹介で雇ったのでございます。半年前のことでございます」

「なるほど」

「まさか、あのような男だったとは想像もしませんでした」

「『松葉屋』に苦情を言うのか」

「いいえ。やめさせたときに、『松葉屋』には抗議しました。あんな男を世話した責任をとってもらおうとしましたが、他にもいろいろ奉公人を世話してもらっているので、あまり強くは言えませんでした。まあ、『松葉屋』も、ある意味、伝蔵に騙《だま》されたということでしょうから」

「そうであろうな」

「ですから、請人《うけにん》にも責任をとらせることはしませんでした」

「そうか。そういう恩情を示してやったのに、逆恨みするとは」

剣一郎は伝蔵の細い目を思い出した。

ただ、ひとつだけ引っ掛かっていることがある。伝蔵がどうやって庭に入ったのかということだ。内部に手引きした者がいるかもしれない。

しかし、浜右衛門に内部の人間に疑いの目を向けさせることになるかもしれないので、そのことは口に出来なかった。奉公人に対して疑心暗鬼《ぎしんあんき》になったら、お互いにぎくしゃくするようになってしまう。

「ところで、七兵衛という名に心当たりはあるか」

「七兵衛ですか」

浜右衛門の顔つきが少し変わった。

「その者が何か」

「伝蔵がぽつりと口にしたのだ。心当たりはないか」

「いえ、ありませぬ。まさか、伝蔵の仲間ということはありませんか」

浜右衛門は真顔になった。

「いや、そんな様子ではなかった」

「そうですか」

浜右衛門は少し考え込むような顔つきになった。ほんとうは七兵衛を知っているのではないか。そんな気がしたが、浜右衛門はすぐに顔を上げ、

「青柳さま。伝蔵はどうなりましょうか」

と、きいた。

「火付けは重罪だ。おそらく死罪になるやもしれぬ」

「死罪でございますか。青柳さま」

浜右衛門は緊張した顔つきになり、

「吟味《ぎんみ》与力の取り調べにも、私は呼び出されるのでしょうか」

と、不安そうな顔できいた。

「何か気になるのか」

「火を放とうとした許し難《がた》い男ですが、私のひと言が死罪に結びつくようだと、ちょっと寝覚めが悪いものですから」

「そなたはきかれたことに正直に答えればよいこと。そこまで考える必要はあるまい」

「はい。確かにそうでございます」

浜右衛門は小さく頷いた。

浜右衛門を玄関まで見送り、与力部屋に引き上げると、廊下の途中で長谷川四郎兵衛が剣一郎を待っていた。

「青柳どの。昨夜はたいそうなお手柄だったそうな。いや、結構なこと。で、岩城屋から何をもらったのかな」

薄気味悪いくらいに、にこやかな顔だ。

「はい。お菓子をいただきました。客間に置いてあります」

「うむ?」

長谷川四郎兵衛は訝《いぶか》しげな顔をした。

「あとで、長谷川さまのところにお届けします。どうぞ、皆さまで」

剣一郎はにこやかに言った。

「他には?」

四郎兵衛はちょっといらついたような顔できいた。

「と申しますと?」

「と申しますとだと? 青柳どのは独《ひと》り占《じ》めにするおつもりか」

四郎兵衛の声が荒くなった。

「独り占めと申しますと?」

「とぼけるつもりか」

すっかり普段の調子に戻って、四郎兵衛は青筋を立てた。

「岩城屋は礼金を持って来たはず。その金だ。十両だと聞いている」

やはり、浜右衛門からそのことを聞き出していたのだ。

「それなら、突き返しました」

「突き返しただと？」

四郎兵衛の声が大きくなった。

「そうです。受け取る謂《い》われのない金です。昨夜のことは、私でなくとも奉行所の人間なら誰もがしたこと」

「青柳どの。そなたは……」

顔を紅潮《こうちょう》させ、四郎兵衛は口をぱくつかせた。

「なんでございましょうか」

金を受け取らなかったことを非難しようとしたのだが、おおっぴらに言うことも出来ず、四郎兵衛はいらだっていた。

「なんでもない」

四郎兵衛は頭から湯気を出す勢いで、吐き捨てた。

一礼して四郎兵衛の前から去りながら、また、長谷川どのを怒らすような真似をしてしまったと、剣一郎はちょっぴり気うつになった。

その夜、夕飯をとり終え、居間でくつろいでいると、植村京之進が訪ねて来た。

庭に面した座敷に招じ、京之進と対座した。

「伝蔵の調べを進めていますが、思うように捗《はかど》りません」

京之進は律儀《りちぎ》に、報告しに来てくれたのだ。

奉行所の掛かりは与力の下に同心がつくのであるが、定町廻り、臨時廻り、隠密《おんみつ》廻り同心はお奉行直結である。

したがって、定町廻りの役目に関しては、京之進は剣一郎に報告の義務はない。それでも、あえて報告にやって来たのは、伝蔵を捕まえたのが剣一郎だということもあるが、それよりこれまで数々の難事件を解決に導いて来た青痣与力に対する敬意の表われに他ならない。

「伝蔵は頑《かたく》なに口を閉ざしております」

京之進は無念そうに言う。

「何も喋《しゃべ》らないのか」

「はい。自分の名前、生国《しょうごく》などはなんとか話しましたが、肝心《かんじん》の事件に話が及ぶと、とたんに貝になってしまいます」

「妙だな」

剣一郎は腕組みをした。

ひと月ほど前、『岩城屋』の下男だった伝蔵は夜中に屋敷内に忍び入った。それを、主人の浜右衛門に見つかり、店をやめさせられたのだ。

そのことを逆恨みをし、伝蔵はかつての主家に火を付けた。そのことに間違いないのなら、素直に話せばいい。何も隠すことはあるまい。それなのに、口を閉ざしているのは、もっと他に理由があるのだろうか。

「『岩城屋』をやめさせられてから、きのうまでの一ヵ月の伝蔵の足どりや行動はわかっているのか」

「はい。伝蔵は深川松井町《ふかがわまついちょう》一丁目のどぶ板長屋に住み、日傭取《ひようと》りで日銭《ひぜに》を稼いでいたようです」

松井町は竪川《たてかわ》沿いの町で、一ノ橋と二ノ橋の間にある。

「どぶ板長屋に住み込んだのはどうしてだ？」

「伝蔵はときたま店を抜け出て博打《ばくち》場に顔を出していました。そこで知り合った又吉《またきち》という男を頼ったようです」

「又吉は何をしている男だ？」

「遊び人です。ゆすり、たかりなどをしているのかもしれません」

「又吉の人相は？」

「三十前後でしょうか。細面《ほそおもて》で目はつり上がり、きつねのような顔の男です」

「そこでの様子は？」

「雨が多く、仕事もなかったので、金には困っていたようです」

雨のため、剣一郎の屋敷の建て増しの作業もまったく出来なかったのだ。日傭取りも、仕事にならなかったはずだ。

「食うや食わずの暮らしが続くうちに、自分をやめさせた『岩城屋』に怒りを向けるようになったのだと思います」

京之進は火付けに到る経緯を想像して話した。

「『岩城屋』に対する伝蔵の恨み言を聞いていたものはいるのか」

「いえ、おりませぬ。もともと、伝蔵はひとと交わるのが好きではないようでした。だから、又吉ともそれほどの深い付き合いはなかったようです」

「それほどの深い付き合いではない？　それなのに、又吉を頼ったというのか」

「はい。又吉はそのように申しておりました」

剣一郎は伝蔵の顔を思い出す。

伝蔵は無精髭を生やし、くすんだ顔色のむさい感じの男だった。だが、そんな印象と裏腹に、細い目の奥は爛々《らんらん》と輝いていた。

あの目から発せられた光の強さは逆恨みから火付けを実行したようには思えないのだ。

「『岩城屋』時代の朋輩《ほうばい》から話を聞いたか」

「はい。もうひとりの下男は、無口だが、まじめな働き振りだったと言っています。やめさせられた理由も理解出来ないということでした。それから、若い下働きの娘はぶっきらぼうだけど、やさしいひとだったということです」

「伝蔵が『岩城屋』の部屋に忍び込んだというのはほんとうなのか」

「それは間違いありません。最初に廊下に忍んでいた伝蔵を発見したのが番頭で、それから主人の浜右衛門が現われたということでした」

「金を盗もうとしたのか」

「だと思います。伝蔵はこの件に関しても口をつぐんでいます」

京之進はうんざりしたように言う。

「なぜ、伝蔵はそのことを言わないのか」

どうしても、剣一郎はそのことが納得出来なかった。

「それから、青柳さまに調べるように言われたことも、まだわかりません」

京之進が疲れた顔で言った。

「伝蔵が『岩城屋』の庭に入り込んで火を付けたことだな。どうやって庭に入ったのか、そのこともわからぬ。どうしても、裏口が開いていたと考えざるを得ないのだが」

そうだとすると、たまたま奉公人が鍵を閉め忘れたというのはうまく出来すぎている。やはり、誰かが伝蔵を中に引き入れたとみるべきなのだが……。

「はい。このことも、伝蔵は口を閉ざしております。まったく、頑固な奴でして」

伝蔵は何かを隠しているのだろうか。それとも、どうせ自分は死罪になる。火付けの罪は重い。喋っても喋らなくても同じだから、喋らないのか。

「それから、今考えてちょっとおかしいと思うことがある」

剣一郎は新たな疑問を口にした。

「なんでしょうか」

「伝蔵は庭に入り、物置小屋に火を付けたということだが、なぜ、いきなり母屋に火を付けなかったのか」

「物置小屋のほうが無人であり、火を付けやすかったのではないでしょうか。それに、物置小屋が燃えれば、母屋にすぐに燃え移りますから」

京之進の言うとおりかもしれない。だが、剣一郎はいまひとつ腑《ふ》に落ちなかった。

「伝蔵さえ、喋ってくれればいいのだが、どうやら、それは難しそうだな」

「申し訳ありません」

京之進が謝った。

「何を言うか。そなたの責任ではない。それどころか、僅《わず》か一日で、よくぞ、いろいろなところに目配りをして調べた。私がききたいことはすべて調べていたではないか。さすがだぞ、京之進」

剣一郎は褒《ほ》めた。

「もったいないお言葉」

京之進は平伏した。

「いずれにしろ、伝蔵が火付けをしたことは動かしようのない事実だ。明日にでも入牢証文をとったほうがよいだろう」

「はっ。そういたします」

伝蔵は簡単には口を割ろうとしないだろう。しかし、火付けの事実は疑いようもない。今のままでも断罪出来る。ただ、手引きした者がいたとしたら……。

「伝蔵が手引きした者をかばっている可能性もある。もう一度、『岩城屋』の奉公人を調べてみたほうがいいかもしれないな」

「畏《かしこ》まりました」

京之進が引き上げたあと、多恵がやって来た。

ふたりの子どもの母親とは思えぬほどに、多恵は若い。へたすると、娘のるいとは姉妹と見られかねない。

その多恵の顔に屈託《くったく》が見えた。

「どうした、何かあったのか」

「はい。今、植村さまがお出《い》でになっているとき、文七《ぶんしち》さんがやって来たんです」

「なに、文七が？　もう帰ったのか」

「はい」

「そうか。それはすまぬことをした。で、何か、急用だったのか」

「はい。じつは、文七さんが脇田清十朗さまの様子を見に行ってくれたのです。そうしたら、清十朗さまはひとを集めている様子」

「なに、脇田清十朗がひとを？」

「はい。道場の朋輩だけでなく、金で雇ったと思われるような浪人が数人、脇田さまのお屋敷の中間《ちゅうげん》部屋に寝泊まりをしているそうです」

まさかと、剣一郎は腕組みをした。

清十朗の父清右衛門は、もうわだかまりはないと、志乃の父親の小野田彦太郎に話していたという。

だが、それは本心ではなかったのか。ひょっとして、清十朗が勝手に立ち回っているだけで、父親の清右衛門には隠しているのかもしれない。

脇田清十朗がまだ遺恨を抱いているかもしれないと思うと、その執念深さには呆れる思いだ。嫁をもらったはずなのだ。酒田を出発した剣之助と志乃は奥州《おうしゅう》街道で帰って来る。千住宿《せんじゅ》辺りに、見張りを立たせているかもしれない。

「文七さんが、これからも見張ってくれるそうです」

「そうか。ここは文七に任せるしかないか」

剣一郎が不用意に動き回って、脇田家を刺激してもまずいと思った。それより、伝蔵のことが気になる。

考えすぎかもしれないが、もう少し調べてみたいと思った。

翌日の夕方、剣一郎は奉行所から帰ると、すぐに着替え、浪人笠をかぶって屋敷を出た。日毎《ごと》に暑さがやわらいでいくのがわかる。

江戸《えど》橋を渡り、浜町《はまちょう》堀を越えて、両国広小路《りょうごくひろこうじ》へと出た。

夕陽を背に、両国橋を渡る。秋の日暮れは早くなり、橋を渡るひとの動きもどことなく慌《あわ》ただしい。竪川に出て、一ノ橋を渡る。川沿いを行き、松井町にやって来た。

どぶ板長屋はすぐにわかった。

長屋木戸をくぐり、路地を入って行く。継《つ》ぎ接《は》ぎした腰高障子《こしだかしょうじ》や千社札《せんじゃふだ》が貼《は》ってある腰高障子もある。

奥からふたつ目の家から男が出てきた。三十前後。きつねのような顔をしている。京之進の言う人相だ。又吉に違いない。

剣一郎は男の前に立ちふさがった。

「又吉か」

「そうですが、旦那《だんな》は？」

又吉は鋭い目つきで警戒した。

剣一郎は人指し指で編笠を上に持ち上げた。笠の内の顔を覗《のぞ》き込んでから、又吉はあっと後退《あとずさ》った。

「青痣与力？」

又吉は確かめるようにきいた。

「そうだ。伝蔵のことで、ちょっと訊《たず》ねたいことがある。外に出るか」

「へい」

剣一郎は長屋を出て、竪川の傍《そば》に又吉を引っ張って行った。

柳の前で立ち止まり、剣一郎は問いかけた。

「いろいろきかれたと思うが、もう一度、話してもらいたい」

「へえ」

一瞬、又吉は表情を曇《くも》らせた。

「伝蔵とは以前から知り合いだったのか」

剣一郎は又吉の陰険《いんけん》そうな顔を見つめた。

「いえ、賭場で顔を合わせるうちに、ちょっと口をきくようになっただけです」

又吉は顔を歪《ゆが》めた。

「それだけの関係なのに、伝蔵はおまえを頼って来たのか」

「他に頼れる者もいなかったんでしょう。それに、同郷だったもので、なんとかしてくれると思ったのかもしれません」

「国はどこだ？」

「へえ、高崎《たかさき》です」

「高崎か」

「ちょうど、空いている部屋があったので、大家に紹介したんですよ。あんな長屋ですから、住人は金のないものばかりですし」

又吉はすらすらと答えた。何度もきかれて答えているので、勝手に口からその言葉が出て来たという感じだ。

「伝蔵が長屋で暮らしたのはひと月前後だ。その間、伝蔵と話す機会があったと思うが、『岩城屋』のことで何か言っていたか」

「いえ。あんまし、話をする男じゃありませんでしたから」

又吉は顔をしかめて言う。

「伝蔵から、七兵衛という名を聞いたことはないか」

一瞬、間があってから、

「ありません」

と、又吉はやや顔をそむけるようにして答えた。

答えるまでの一瞬の間は何を意味するのか。しかし、もう、又吉は平静さを取り戻していた。

「伝蔵の今度の件を、どうみる?」

「へえ。よほど、『岩城屋』には腹立たしく思っていたんでしょう」

「どうして、そう思うのだ？　伝蔵は『岩城屋』のことを何も言っていなかったのではないのか」

「いえ、『岩城屋』のことは何も言いません。でも、日傭取りの仕事はきついとこぼしていました」

「あまり、話をする男ではなかったのに、そんな話はしたのか」

「へえ」

「伝蔵は『岩城屋』で誰と親しくしていたか、聞いてはいないか」

「いえ、聞いちゃいません。ただ、あそこはひとをこきつかうと言ってました」

「いろいろ話していたようだな。他には何か言っていたか」

「いえ」

又吉は俯《うつむ》いた。

「まあ、いい。何か思い出したら、なんでもいいから話してくれ。いいな」

「へい」

又吉と別れ、剣一郎は八丁堀の屋敷に戻った。

常着に着替え終えたとき、昨夜に引き続き、京之進が訪ねて来た。

庭に面した座敷で差し向かいになった。

「伝蔵を無事、小伝馬町《こでんまちょう》牢屋敷に送り届けました。残念ながら、肝心の火付けについては口を開かずじまいでした」

京之進は無念そうに言う。

「やむを得まい。あとは吟味の場で、伝蔵がどう出るか」

剣一郎は期待は出来ないと思った。

「調べのほうも成果はなかったのだな」

もし、あれば、まっさきに京之進は報告しているはずだ。

「『岩城屋』の奉公人を当たりましたが、疑わしい人間は見つかりませんでした。番頭、手代《てだい》をはじめ、丁稚《でっち》から女中、下働きの者たち、すべてについて不審な点はなかったのです。というのも、ひと月前に、伝蔵がやめさせられたとき、『岩城屋』は奉公人全員の身元を再度調べ直したそうにございます」

「そうか」

「はい。皆、身元がしっかりした者ばかり。ただ、下男の伝蔵だけは、急いで雇ったので、調べが十分ではなかったということです」

「伝蔵と気脈を通じる者はいないのだな」

「はい。伝蔵の後釜《あとがま》として下男になった最年長の嘉助《かすけ》から下働きの最年少の十三歳の娘さよまでの三十二名。身元がはっきりしています。したがって、手引きした者はいないと考えてよいかと思います」

「そうか」

「ただ、番頭は、あの日裏口の戸締りはちゃんとしたはずだと言っています。もしかしたら閉め忘れたのに、責任を問われかねないので、嘘《うそ》をついている可能性も捨てきれませんが」

「そうだな」

剣一郎は少し考えてから、

「また、吟味によって明らかになる事実もあろう。それからだ」

と、京之進を励ますように言った。

「はい」

京之進は疲れたような声で答えた。

付け火は死罪である。おそらく、火罪つまり火焙《あぶ》りの刑に処せられる公算が大きい。

下手人の取り違えはない。剣一郎が捕まえたのであり、無実の人間を下手人に仕立てしまうことはありえない。

ただ、動機がはっきりしないことに、京之進は焦《あせ》っているのだ。店をやめさせられたことの逆恨みだろうということは想像がつく。が、果たして、そのことに間違いないのか。伝蔵の自白を得られないまま、牢送りにしなければならないことに、京之進も忸怩《じくじ》たる思いでいるようだ。

しかし、これも、剣一郎が疑問を抱いているからであり、それがなければ、このますんなり処罰することになろう。

「じつは、夕方、又吉に会って来た」

剣一郎は言った。

「又吉にですか」

「そうだ。あの男は伝蔵とそれほど親しい間柄でないと言っていたが、念のために、この男のことを調べてみるのも手かもしれぬ」

剣一郎は迷った末に口を開いた。

「じつは、今まで黙っていたのだが、伝蔵を捕まえたあと、伝蔵がこう低い声で無念そうに呟《つぶや》いたのだ。七兵衛、と」

「七兵衛?」

「そうだ。おそらくひとの名だと思う。伝蔵をすぐ問い詰めたが、否定した。岩城屋浜右衛門にも確かめたが、知らないという。又吉にもきいた。ただ、又吉の反応は微妙だった。七兵衛という男が何者なのか。もっとも、私が聞き違えたということも否定出来ない。だから、このことにこだわるとことの本質を見失う恐れもある。だから、頭の片隅にでも入れておいてもらえればいい」

「わかりました。又吉の周辺を探ってみます。どうも、又吉は何か隠しているような気がしてなりません」

京之進は気力を蘇《よみがえ》らせて言った。

「まあ、下手人を捕まえた事件にこれほど力を入れなくてもいいと思うだろうが、無駄を承知でやってくれ。おそらく、伝蔵は極刑は免《まぬか》れまい。死なれてしまったあとでは、元も子もなくなる」

「はい。出来る限りのことをしてみます。では、私はこれで」

「頼む」

剣一郎は京之進を玄関まで見送った。

「剣之助どののお住まいの普請もだいぶ進んでいるようでございますね」

「ああ、戻って来るのは剣之助だけではなく、もうひとりいるので、増築をしたのだ」

「剣之助どのも仕合わせでございます」

京之進はうらやましげに言う。

同心の取高は三十俵二人扶持《ぶち》で組屋敷も六十坪ほど。与力は二百石取りで、与えられた敷地は三百坪と広い。

新婚夫婦のために、部屋を用意してもらえる剣之助が、ついうらやましくなったのかもしれない。

そういえば、京之進は嫁を迎えたころ、ふた親が健在だったので、夜の営みにも苦労したと話していたことがあった。

京之進が門を出て行ったあと、剣一郎は庭に出た。

離れの様子を見に行った。暗い庭に、家の骨組みが浮かび上がっていた。ここに剣之助夫婦が住むのだ。新しい木材の香りに、剣一郎は新しい息吹《いぶき》を感じていた。

三

翌朝。剣一郎は離れの普請に携《たずさ》わっている職人に声をかけてから、奉行所に出発した。

出勤は継上下《つぎがみしも》に平袴《ひらばかま》、無地で茶の肩衣《かたぎぬ》で、槍持《やりもち》、草履《ぞうり》取り、挟箱《はさみばこ》持ちらの供を連れ、楓川《もみじがわ》沿いを行くのだ。

初秋の爽《さわ》やかな風を受けながら、いつしか思いは伝蔵のことに向かった。

吟味のために、伝蔵が小伝馬町の牢屋敷から奉行所に連れて来られるのはいつになるだろうか。きのう入牢したばかりだから、きょうは無理だ。

奉行所についてから、剣一郎は継上下、袴を脱ぎ、着流しに変える。着替えは供が持って来た挟箱に入っているのだ。

「では、青柳さま。出かけてまいります」

同心の礒島源太郎《いそじまげんたろう》と只野平四郎《ただのへいしろう》が挨拶《あいさつ》に来た。

「ごくろう。頼んだ」

「はい」

最近は風もなく、穏やかな日和《ひより》が続いており、風烈廻りの見廻りは、礒島源太郎と只野平四郎のふたりに任せていた。

最近、見廻りに疲れを感じるようになった。以前には感じたことがないが、歩き回っているうちに息づかいが荒くなっている。

もっとも、まだまだ若い者に体力的にも引けをとらない自信はある。

それでも、以前の自分と比べた場合には、体力の低下は否《いな》めないような気がする。

皮肉なことに、剣之助が嫁とともに帰って来ると喜んでいる一方で、自分の老いを意識するようになっていた。

「青柳さま」

坂本時次郎がやって来た。

「宇野さまがお呼びでございます」

若々しい声で言う。

「ごくろう。待て、時次郎」

行きかけた時次郎を呼び止め、

「いよいよ、剣之助が帰って来る。また、よろしく頼む」

「はい。待ちどおしゅうございます」

時次郎はうれしそうに応じた。ふたりはほぼいっしょの時期に見習いに上がった。

それなのに、剣之助が江戸を離れてしまい、時次郎も寂しい思いをしてきたのだ。

剣一郎は立ち上がり、宇野清左衛門のもとに向かった。

廊下で、長谷川四郎兵衛とすれ違った。四郎兵衛は剣一郎を睨み付けた。あんな目を剣之助にも向けられるのは敵《かな》わないと憂鬱《ゆううつ》になった。

　年番方与力の部屋に行き、剣一郎は腰を下ろして呼びかけた。

「宇野さま。お呼びにございましょうか」

「おう。青柳どの。向こうへ」

　隣の小部屋に、剣一郎を誘《いざな》った。

　そこで差し向かいになってから、宇野清左衛門が口を開いた。

「いよいよ剣之助どのが帰って来るそうだな」

「はい。また、こちらでお世話になります。勝手な振る舞いをし、誠に申し訳ないことですが、どうぞよろしくお願いいたします」

　与力見習いとして出仕していた剣之助が志乃とともに酒田に行った。そのために、奉行所には長期休養という寛大《かんだい》な措置《そち》をとってもらった。

　これもひとえに宇野清左衛門の力添えによるものだった。剣一郎を特別扱いにしているという批判の声は一部にあるようだ。だが、それは長谷川四郎兵衛の周辺で囁《ささや》かれていることで、おおむね奉行所内では好意的に迎えられていた。

「青柳どの。そろそろ、年番方にならぬか」

　宇野清左衛門が言った。

年番方与力は奉行所内の最高位の掛かりであり、金銭の管理、人事など奉行所全般を統括する役目である。

かねてから、宇野清左衛門は剣一郎を自分の後釜《あとがま》に据《す》えたい意向を漏らしていた。

与力の花形といえば、吟味方がある。その吟味方を経て、年番方に昇格するのが順序であった。

剣一郎の才覚からすれば、当然ながら吟味方与力になっていてもよかったのだが、宇野清左衛門はあえてその人事をとらなかった。

難事件に関して、特命で定町廻り同心の補佐をさせたいがため、風烈廻りの掛かりに剣一郎を置いておいたのである。

「私も、そろそろ引き際を考えなければならない時期に来ている。この際、青柳どのに引き継ぎをしておきたいと」

「宇野さま」

剣一郎は口をはさんだ。

「まだまだ、宇野さまはお元気にございます。そのようなことをお考えになるのは早《は》ようございます」

「なれど、ふと、最近は疲れを覚えてな」

宇野清左衛門が気弱そうに言う。

剣一郎はどきっとした。まるで、さっきの自分の気持ちを言い当てられたようだった。

「気の持ちようにございましょう。宇野さまはまだまだ若い者には負けません」

まるで自分自身に言い聞かせるように、剣一郎は訴えた。

「宇野さまのお気持ちはうれしく思いますが、私としては宇野さまには今のままでさらにご活躍いただきとうございます」

「うむ」

「それに、植村京之進をはじめとし、定町廻りの者もだいぶ力をつけて参りました。また、今、風烈廻りの同心をしている只野平四郎もきっとよき定町廻りになるものと思います。平四郎が一人前になれば、私の役目も終わりましょう。それまで、このままで」

剣一郎は真摯《しんし》に訴えた。

「青柳どのがそうまで言うのなら……」

宇野清左衛門は折れた。

「ありがとうございます」

剣一郎にはわかる。宇野清左衛門はなまじ特命の仕事を任せてきたため、剣一郎が吟味方与力になる道を断ってしまった。そのことに、責任を感じているのだ。

「青柳どの。剣之助どのの件、ご心配なきよう」

剣一郎の苦労の埋め合わせをするように、宇野清左衛門ははっきりと言った。

「私が年番方与力としてきょうまでやってこれたのも、青柳どのがいてくれたおかげだ」

「それは私の台詞《せりふ》にございます。私こそ、宇野さまによくしていただき、感謝をいたしております」

宇野清左衛門のもとから引き下がる途中、剣一郎はある意味恥ずかしい気持ちになった。宇野清左衛門は五十歳を大きく越えているのだ。それに比べたら、剣一郎などまだはるかに若い。

弱音を吐くのはおかしいと自分自身を叱責《しっせき》した。

夕方、剣一郎は奉行所から組屋敷に戻った。

剣一郎の屋敷の増築は進んでいた。

毎朝、剣一郎が奉行所に出掛ける頃には大工や左官などの職人はとうに仕事をはじめており、帰って来たときも、まだ職人たちは汗を流している。

屋敷に帰り着いた剣一郎は、まず職人たちに声をかけてから、座敷に上がった。

夕食を終え、剣一郎は庭に出た。普請中の離れを見に行った。骨組みも整い、屋根も出来ている。だいぶ、仕事も捗《はかど》っているようだ。このぶんなら、剣之助が帰って来たときには、立派な離れが出来ていよう。

剣一郎はその場にしばらく佇《たたず》んだ。

この離れに、剣之助夫婦が入ることになるが、そこでの暮らしはあと数年であろう。その頃には剣一郎も四十歳を過ぎ、世間的に見ても隠居してもおかしくない年齢になる。

宇野清左衛門のことを考えたら、自分もあと十年は現役を続けられそうだが、それでは剣之助が困る。あと数年で、剣之助に家督《かとく》を継がせることを考えなければならない。

隠居したら、離れに住むのは剣一郎と多恵だ。

その頃までには娘のるいも嫁に行っていることだろう。時代は移り変わる。若いと思っていた剣一郎も、気がつけば四十に手が届く年齢になっていた。

剣之助のために普請中の離れを見つめながら、剣一郎は自分の人生を振り返った。

剣一郎には兄がいた。有能な兄の陰に隠れ、次男坊の剣一郎は道なき道をさまようような自分の人生に暗澹《あんたん》としていた。

家督を継ぐ長男以外、次男坊、三男坊の生きる道は厳しかった。どこかに養子に行くしか、自分が世に出る機会はない。かといって、そんないい養子先が転がっているわけでもない。

養子に行かなければ、穀潰《ごくつぶ》しと罵《ののし》られても、実家でじっと我慢をして生きていくしかない。剣一郎は自分の将来に悲観的になっていた。

そんなときに、あの事件が起きたのだ。剣一郎は十六歳だった。兄と外出した帰り、ある商家から引き上げる強盗一味と出くわしたのだ。

与力見習いの兄は敢然《かんぜん》と強盗一味に立ち向かって行った。だが、剣一郎は真剣を目《ま》の当たりにして足がすくんでしまった。

三人まで強盗を倒した兄は四人目の男に足を斬《き》られ、うずくまった。兄の危機に、剣一郎は助けに行くことが出来なかった。

兄が斬られてはじめて剣一郎は逆上し、強盗に斬りかかったのだ。

あのとき、剣一郎がすぐに助けに入っていれば、兄が死ぬようなことはなかったのだ。その後悔が剣一郎に重くのしかかった。

兄が死んだために、剣一郎は青柳家の跡を継いだ。だが、兄を見殺しにしたという自責の念を抱えたままだった。

そのことで苦しんでいるときに、押し込み事件に遭遇したのだ。剣一郎は押し込み犯の中に単身で乗りこみ、賊を全員退治した。

あれは勇気でもなんでもなかった。自分なんかどうなってもいいという半ばやけくそぎみのことだった。皮肉なことに、そのとき頬に受けた傷が、のちに勇気と強さの象徴とされ、ひとびとから青痣与力と畏敬の念をもたれるようになったのだ。

自分がきょうまで与力としてなんとかやってこられたのも亡き兄のおかげだ。それに、妻の多恵の力なくしては今日の剣一郎はありえなかった。

多恵は才覚もあり、勘は鋭く、若い頃にはよく多恵のひと言で事件を解決に導いたことがあった。

こうして、来《こ》し方を振り返ると、自分の人生が自分の力で成り立ってきたのではないことがよくわかる。

自分にとっての巡り合わせがよかったのだ。奉行所においては宇野清左衛門の存在が大きい。宇野清左衛門が特命ということで、剣一郎を自由な身で事件の探索を任せてくれたことが、今の剣一郎を作り上げたといっても過言ではない。

これも、すべて亡き兄が守ってくれているのだと剣一郎は思った。

さらに、剣一郎にとって忘れえぬひとがいた。亡き兄の許嫁《いいなずけ》だったりくのことだ。別の男に嫁ぐことになって、りくが父と母に挨拶に来たことがあった。その帰り、偶然に会った剣一郎に、りくはこう浴びせたのだ。

「あなたは心の奥に兄上が死んでくれたらという気持ちがあったのではありませんか。だからわざと、助けに入らなかったのです」

その言葉は以来、矢尻のごとく剣一郎の胸に突き刺さったまま抜けなかった。怖くて助けにいけなかった己《おのれ》の臆病を呪《のろ》い、そして、その痛みとともに生きて来た。だが、またしても剣一郎は亡き兄に救われることになった。それは剣之助と志乃とのことからはじまった。

当初、志乃の両親は剣之助との縁組に反対だった。小野田家としてひとり娘を嫁に出すのをいやがったということもあったが、それ以上に八丁堀与力の子どもだということに抵抗があったようだ。

不浄役人の子に、大事な娘はやれないと、特に母親が大反対をしたらしい。だが、小野田家にもろもろの事情があり、ふたりの仲を許してくれることになった。そのことで、小野田家に挨拶に行った剣一郎は、唖然《あぜん》とすることになった。

なんと志乃の母親こそ、兄の許嫁だったりくだったのである。そのとき、りくはこう言ってくれたのだ。

あのとき、ひどい言い方をしましたが、本心からそう思って言ったのではありません。そのりくのひと言で、長い間、胸に突き刺さっていたものがとれたのだ。

剣之助がりくの娘と恋仲になったことこそ、亡き兄の導きだったのかもしれない。

「旦那さま」

背後で若党の勘助《かんすけ》の声がした。

野州佐野《やしゅうさの》の百姓の三男で、侍になりたくて江戸に出て、青柳家の若党になった男だ。

振り返ると、

「文七さんがいらっしゃっています」

と、勘助が遠慮がちに言った。

物思いに耽《ふけ》っている剣一郎の邪魔をすることに気が引けたのだろう。

「そうか。すぐ行く」

もう一度、離れの建物に目を向けてから、剣一郎は引き返した。

文七はいつものように庭先に控えていた。自分の立場を弁《わきま》え、決して座敷に上がろうとしない。

「文七。待たせたな」

剣一郎は庭をまわり、沓脱《くつぬぎ》石から濡《ぬ》れ縁《えん》に上がった。

「青柳さま。やはり、脇田清十朗は剣之助さまを襲うつもりです」

「そうか」

剣一郎は眉根を寄せた。

なんと、浅はかな男なのだと、剣一郎は脇田清十朗に不快感を持った。これでは、清十朗の妻女が可哀《かわい》そうではないか。

清十朗は志乃に懸想《けそう》し、父親の威光を利用して、強引に志乃を嫁にしようとした。女道楽が激しく、ふしだらな清十朗から志乃を救うために剣之助はあのような挙に出たのだ。

腐った性根は変わらぬものと思える。

「道場の仲間以外にも腕の立つ浪人者を集め、千住宿の地廻りを雇い、剣之助さまが通るのを見張らせています」

酒田からは米沢《よねざわ》に出て、七《しち》ヶ宿《かしゆく》街道を通り、小坂《こさか》峠《とうげ》を越え、桑折《こおり》宿から奥州街道に入る。さらに二本松《にほんまつ》、郡山《こおりやま》、白河《しらかわ》、小山《おやま》、古河《こが》を経て、草加《そうか》、千住へと至るのだ。そこで、清十朗たちは千住で剣之助を待ち伏せしようとしているのだ。

「そうか。よく知らせてくれた。すまぬが、引き続き、見張っていてくれ」

「はっ」

文七は静かに引き上げて行った。

小野田どのにひと言告げておかねばならぬと、剣一郎は思った。

四

翌朝、剣一郎が出仕すると、吟味方与力の橋尾左門《はしおさもん》が近寄って来た。

「青柳どの。ちょっとよろしいか」

左門は改まった口調で言った。

左門は竹馬の友であり、親しい間柄なのだが、奉行所内では友としてではなく、あくまでも朋輩として接してくる。

「何か」

「先日、火付けの疑いで捕まった伝蔵なる者の吟味を私がやることになった。聞けば、伝蔵を捕まえたのは、おぬしだということだが、間違いないのか」

「ああ、間違いない」

「そうか。何か、おぬしは疑問を持っているようだが、吟味のときに特に注意して、訊ねることはあるか」

「いや、自分の目で確かめて欲しい。なまじ、私が何か告げたために、伝蔵に対する先入観を与えてしまっても困る。そなたの冷静な目で、伝蔵を調べて欲しい」

自分が捕まえたせいか、剣一郎は必要以上に、伝蔵に構いすぎているのかもしれない。

かえって、冷静な左門の目で伝蔵を調べてもらったほうがいい。剣一郎はそう思った。

「おぬしがそう言うなら、あえてきくまい」

「吟味はきょうなのか」

「きょうからだ。今夜、おぬしの家に行く」

そう言い、最後までいかめしい表情を崩《くず》さず、左門は去って行った。

奉行所で左門と会ったあとは、どっと疲れを感じる。

夕方、剣一郎は奉行所からいったん屋敷に帰り、すぐに着流しに着替え、浪人笠をかぶって出かけた。

日本橋を渡り、まっすぐ神田川に向かい、昌平坂を上がって本郷《ほんごう》通りに出て、小石川片町へとやって来た。

小野田彦太郎の屋敷をいきなり訪問したのだが、幸いにして在宅していた。きょうは非番だったという。

客間で、小野田彦太郎と差し向かいになった。

「突然、お邪魔して申し訳ありません」

剣一郎は切り出した。

「いえ、そのことより、何かありましたか」

剣之助と志乃の身に何かあったのではないかと、彦太郎は不安そうにきいた。

「じつは、脇田清十朗のことでござる」

「清十朗どのが何か」

彦太郎はますます心配そうな顔になった。

「まだ、はっきりしたわけではないのですが、清十朗が剣之助と志乃どのの帰りを千住で待ち伏せているようなのです」

「待ち伏せると言いますと」

「間違いであって欲しいと思いますが、私が使っている者の調べですと、清十朗は仲間をぞくぞくと集めて、千住の地廻りの連中にも手をまわしているそうです。剣之助と志乃どのを待ち伏せし、襲撃するつもりではないかと思います」

「そんなばかな」

彦太郎は気が動転したように目を剝いた。

「脇田さまは、もうあの件は済んだこと。水に流すと仰っていた。その言葉に二言《にごん》はないと思いますが」

「もしかしたら、清十朗が勝手にやろうとしているのかもしれません。小野田どの」

剣一郎はつい声をひそめた。

「清十朗は嫁をもらい、すっかり落ち着いたということですが、夫婦仲はうまくいっているのでしょうか」

「夫婦仲ですと」

「はい。清十朗は女たらしだった男。その性癖《せいへき》は簡単に直るものではありますまい。嫁をもらった当初は収まっていた女遊びがまたはじまったとは思いませんか」

苦しそうに顔を歪めてから息を吐き、

「じつは……」

と、彦太郎は打ち明けた。

「清十朗どのが、どこかの盛《さか》り場で派手に遊んでいるという噂《うわさ》を聞きました。男ですから、たまには外で羽目《はめ》を外して遊ぶこともあるだろうと軽く受け止めていたのですが」

「まだ、何かあるのですか」

「いや、これはそのことに関係しているかどうか」

彦太郎は迷ってから、

「清十朗どのの妻女が大怪我《おおけが》をして寝込んでいると、朋輩から聞いたことがあります。なんでも、台所で誤って包丁で手を切ったそうです。でも、なぜ、清十朗どのの妻女が台所まで行ったのか」

「まさか、自害を図ったと?」

剣一郎は鋭《するど》くきいた。

「いえ、そこまではっきりとは……」

あいまいに答えたが、彦太郎もそう思ったようだ。

「小野田どの。まず、その噂の信憑性《しんぴょうせい》を確かめていただけませんか。もし、こっちの考え過ぎだったらよいのですが、そうでなかったら、清十朗は元のふしだらな男に戻ってしまった可能性があります」

落ち着いた生活を送っているなら何の心配もない。しかし、清十朗の暮らしが乱れていたら、剣之助が江戸に舞い戻ることをきっかけに、過去のことが改めて蘇《よみがえ》り、恨みを晴らさんという気になったとしても不思議ではない。

「脇田さまにお話ししてみましょうか」

「まだ、早いかと」

父親の脇田清右衛門に話してみるというのだが、剣一郎は反対した。

「脇田さまは、おそらく清十朗を疑っていないと思います。清十朗は父親の前では、猫をかぶっているはず。そういうときに、清十朗を非難するようなことを言えば、自分の娘可愛《かわい》さに、清十朗を貶《おとし》めようとしていると思われかねません。もう、しばらく、様子をみましょう。まず、清十朗の素行を調べることです」

「わかりました。青柳どの。どうか、よろしく頼みます」

「はい。また、参ります」

剣一郎は挨拶して立ち上がった。

玄関まで、妻女のりくが見送ってくれた。

「剣一郎どの。どうか、志乃を守ってください」

りくが言った。剣一郎の兄嫁になるはずだったひとだ。いつも、りくと会うと、不思議な思いにとらわれる。

「剣之助も命をかけても志乃どのを守りましょう。どうぞ、ご安心なさってくださ い」

「ありがとうぞんじます」

りくに見送られて、剣一郎は小野田家を辞去した。

小野田家を出たときにはすっかり暗くなっていた。途中、虫の音を聞きながら、来た道を逆に辿《たど》り、八丁堀の屋敷に帰って来た。

冠木《かぶき》門を入り、玄関に向かうと、

「橋尾さまがお見えです」

と、多恵が教えた。

「そうか」

刀を多恵に預け、部屋に向かう。

「お食事は？」

「まだだ。左門を少し待たせておく。すぐ、飯を食べる」

剣一郎は常着に着替えた。

夕飯を急いで食べ終え、庭に面した座敷に行くと、橋尾左門を相手に、るいがおかしそうに笑っていた。

剣一郎の顔を見て、るいは立ち上がった。

「橋尾のおじさまって、ほんとうに面白いお方。おじさま、また、お話を聞かせてください」

「ああ、いつでも」

「お父上。それでは」

るいは部屋を出て行った。

「見事な娘振りだ。八丁堀小町と騒がれるわけだ。だが、いずれ、嫁に行ってしまうな」

左門は寂しそうに言い、

「いくら剣之助が嫁を連れて来たって、自分の娘とは違うからな」

と、付け加えた。

「そんなことより、どうだったのだ?」

剣一郎は伝蔵のことでやって来たのだと思ってきいた。きょうの昼間、吟味が開かれたはずなのだ。

「うむ。そのことだ」

左門は真顔になった。

「吟味はじつに順調に進んだ。伝蔵は火を付けたことを認めた。『岩城屋』をやめさせられたことの恨みだと白状した」

「なに、動機も話したのか」

あれほど頑なに口を閉ざしていたのに、吟味では素直に動機を明かした。時間が経過し、気持ちの整理がついたのであろうか。観念したのだともいえる。

「話した。だが、どうやって庭に入り込んだのか。その問いには要領を得なかった。鍵が開いていたと言うだけだ」

と、左門は渋面《じゅうめん》を作った。そして、言った。

「だが、証人に出て来た『岩城屋』の番頭は、錠がかかっているのを確かめたと言っている」

「番頭の勘違いか、あるいはその後に誰かが開けたということか」

剣一郎は小首を傾《かし》げた。

「誰かが開けたとしたら、伝蔵との関係が問題になる。伝蔵と示し合わせた上で錠を外したのか、あるいはその者は伝蔵とは別の用事でそこから出て行ったのか」

「錠を開けたと疑うような人間は見つからないのだな」

「わからない。怪しい人間はいない」

左門は難しい顔をした。

「京之進から、七兵衛という男のことは聞いたか」

「聞いている。それで、伝蔵に訊ねた。だが、知らないという答えだった」

「ほんとうに知らないのか、それとも隠しているのか。様子ではどうだった？」

「七兵衛の名を出したら、すぐ知らないと答えた。あまりに素早い反応に、ちょっと不自然さを感じた。だが、伝蔵の様子は、それほど奇異なものではない。特に、何かを隠しているようには思えない」

左門はふと膝《ひざ》を進め、

「おぬしは伝蔵の態度に不審を抱いていると、京之進から聞いた。伝蔵のどこが怪しいのだ？」

と、確かめるようにきいた。

「せっかく、庭に侵入出来たのに、なぜ物置小屋に火を放ったのか。母屋に火を付けたほうが確実だったのではないか。恨みの犯行の割には、ちょっと腰が引けているように思える」

「疑問というほどのものではない」

左門はあっさり否定した。

「物置小屋のほうがひと目に立たず、落ち着いて火を付けることが出来たからだろう。それに、母屋への類焼も早い」

「それもそうだが」

剣一郎は渋い顔をした。

左門はさらに続けた。

「又吉という男のことも、そうだ。ふたりが共謀して、『岩城屋』に放火をしなければならない理由がない」

剣一郎は反論出来ない。

又吉との関係などもっと調べてもらいたいが、それによって伝蔵の火付けの行為が正当化されることなどない。

又吉に疑いを持ったのは、勘が働いたからかもしれない。左門に、勘だといっても理解してもらえないだろう。

「すべて正直に話せば、お上にも恩情《おんじょう》があると諭《さと》した上での、吟味だ。伝蔵が白状したことは客観的事実と食い違いはない」

左門は静かに言った。

「そうか」

やっと、剣一郎は返事をした。

「火を付けたことは明白だ。伝蔵には重い刑で臨むしかないだろう」

左門は暗い顔で言った。

たとえ、ほんとうの動機が別にあったとしても、火を付けたことは間違いない。それに、同情すべき動機など考えられない。

これ以上の吟味も必要ないかもしれない。だが、剣一郎は何かが違うという気持ちがなかなか消えなかった。

「今度の吟味で、おしまいにする」

剣一郎が捕まえた男だから、左門は慎重を期してくれたのだろうが、それでも犯行に疑いようはないと、左門は決めつけた。

もし、あのとき、剣一郎が来合わせなければ、『岩城屋』は炎に包まれ、よその家にも類焼したかもしれない。そう考えると、伝蔵のやったことは許されざることだ。

「やむをえまい」

剣一郎はそう言うしかなかった。

五

二日後の夜。剣一郎は文七と共に、伝通院《でんずういん》参道にある料理屋の裏手に来ていた。

料理屋二階の障子に、入り乱れた影が映っている。

「あの中に、脇田清十朗がいるのか」

深編笠の庇《ひさし》を上げ、剣一郎は二階の窓を見た。

「そうです。あの料理屋の女中に夢中のようです」

騒ぎ声が聞こえる。

そのうちに女の悲鳴が聞こえた。

「また、女中に悪さをしているのに違いありません」

文七が呆れたように言う。

それからしばらくして、二階の部屋からひと影が消えた。引き上げるのかもしれないと、参道に面した表にまわった。

表口を見ていると、料理屋からぞろぞろと侍が出て来た。五人だ。その中に、大柄で酷薄そうな顔をした脇田清十朗がいた。

五人は大声を張り上げながら、参道を引き上げて行く。

剣一郎と文七はあとをつけた。参道にはときおり、ひとが行き交う。

向こうから十七、八歳と思える娘が小走りにやって来た。すれ違いかけた娘に、ひとりの侍が声をかけた。

「おい、女。ちょっと待て」

額《ひたい》の広い男だ。酔っているようで、目が据わっている。

立ち止まった娘は怯《おび》えたように震《ふる》えた。

「怖がることはない。ちょっと付き合え」

「すみません。急ぎますので」

娘が哀願《あいがん》し、そのまま去ろうとするのを、別の侍が素早く前にまわり込んだ。

「だめだ。行かせぬ」

「すみません。お参りして、すぐに帰らなくてはならないんです」

「おい、女。こちらのお方をどなただと思っているのだ。旗本脇田清右衛門さまのご子息の清十朗さまだ。清十朗さまのお目にとまったのだ、ありがたく思え」

店じまいしている水茶屋の陰から、剣一郎はその光景を見ていた。

ふたりの侍が娘の手を摑《つか》んだ。

「おやめください」

娘は悲鳴を上げた。

かつて、剣一郎は剣之助から聞いたことがあった。志乃が脇田清十朗と祝言を挙げると聞いたとき、だまって引き下がるつもりだったという。ところが、偶然に、剣之助は清十朗の本性を知った。

ある日、日本橋の往来で、酔っぱらった若い侍が数人、年寄りと娘に難癖をつけ、娘を連れて行こうとしていた。たまたま通り合わせた剣之助は無法な若い侍たちの前に飛び出した。そのとき、ひとりが今の台詞と同じようなことを言ったという。

清十朗の人間性を知った剣之助は志乃が不幸になると思い、清十朗から志乃を奪う決意をしたのだ。

そのときと同じことを、清十朗はまたしている。やはり、清十朗の性根は腐ったままだったようだ。

通り掛かった者は関わり合いにならないように遠巻きに見ているだけだ。

「文七。行くぞ」

剣一郎は飛び出した。

「無体な真似はやめよ」

「誰だか知らぬが、引っ込んでいろ」

いかつい顔の男が怒鳴る。

「娘さんの手を離すのだ」

すると、脇田清十朗が顔を歪《ゆが》めて近づいて来た。

「無礼であろう。笠をとれ」

清十朗が笠に手を伸ばした。その手首を摑み、剣一郎は逆手にとって捩《ね》じ上げた。

「いてっ」

清十朗は大仰《おおぎょう》な悲鳴を上げた。

他の侍がいっせいに刀の柄に手をかけた。

「娘さんを離すのだ。離さぬと、こうだ」

さらに捩じると、清十朗は顔を歪めて絶叫した。

小肥りの侍が抜刀し、上段から斬りかかって来た。剣一郎は左手で清十朗の腕を逆手に摑みながら、右手一本で剣を抜き、相手の剣を弾《はじ》き飛ばした。

その間に、文七が娘を助け出していた。

それを確かめてから、剣一郎は清十朗を解き放った。

腕を押さえながら、清十朗は憎々しげに剣一郎を睨み付けた。

剣一郎は抜き身を清十朗の顔前に突きつけ、

「二度と、このような悪さをしたら、今度は許さぬ。よいか」

と、迫った。

だが、背後から長身の男が斬りかかってきた。剣一郎は軽く身を翻《ひるがえ》し、相手の小手を剣の峰《みね》で打ちつけた。

骨の砕《くだ》ける音と共に、男が悲鳴を上げて地べたを転げ回った。

「まだ、懲《こ》りないと見えるな」

剣一郎は剣尖《けんせん》を清十朗に突きつけた。

「行くぞ」

清十朗は勢いよく体の向きを変え、急ぎ足で歩き出した。他の連中もあわてて逃げて行く。

「情けない男だ」

剣一郎は侮蔑《ぶべつ》し、剣を鞘《さや》に納めた。

娘が近寄って来た。

「ありがとうございました」

「何ごともなくてよかった。もう、だいじょうぶだ。安心して、お参りしなさい」

剣一郎は穏やかに言う。

「はい」

何度も頭を下げながら、娘は伝通院に向かった。

「あの男は、結局、どこも変わっていない」

剣一郎は吐き捨てた。

このままでは、剣之助のことだけではなく、今の娘のように被害を被る者もたくさん出て来る。

「さっきの料理屋で話を聞いてみよう」

剣一郎は清十朗たちが騒いでいた料理屋に向かった。

料理屋の暖簾《のれん》をくぐり、なかに入る。下足番の男が深編笠の剣一郎と文七を不審そうに見ていた。

「いらっしゃいませ」

女将《おかみ》らしい貫禄《かんろく》の女が出迎えた。

「ちょっと訊ねたいことがある」

そう言い、剣一郎は笠をとった。

左頬の青痣に気づいた女将は、あっと声を上げた。

「青柳さまで」

「いかにも。さっき引き上げた旗本の脇田清十朗たちのことで話を聞きたい」

清十朗の名を出すと、女将の顔色が変わった。

「どうぞ、こちらに」

女将は帳場の横の小部屋に案内した。

剣一郎と文七は、女将と向き合った。

「あの連中、さきほどはだいぶ騒いでいたようだが」

剣一郎はきいた。

「はい。女中たちの帯を解いたり、大声を張り上げて唄ったり、やりたい放題。苦情を言うと、直参《じきさん》旗本を何と心得るかと怒鳴ったり。正直、困っております」

女将は顔を歪めた。

「よくやって来るのか」

「はい。さんざん呑《の》んで食べて、そのくせ、御勘定《おかんじょう》は満足に支払っていただけません。なんだかんだと言って、いつも逃げています」

「今までのすべての勘定書は揃っているな」

「はい。ございます」

「よし。いずれ、払わせるようにしよう。今度、連中が来て、金を支払おうとしなければ、勘定書を脇田清右衛門さまにお届けさせていただきますと言うのだ」

「そんなことを言ってだいじょうぶでしょうか」

「暴れたら、脇田家を潰《つぶ》すつもりかと言ってやれ。先日、お目付らしき侍があなたさまの行状を調べに来ていたと言えばいい」

「はい。わかりました」

「また来る」

剣一郎は立ち上がった。

参道を戻りながら、剣一郎は難しい顔で思案した。

さっきのように町の衆に何か悪さをしたら、たとえ相手が武士といえど、現場で取り押さえることが出来る。だが、剣之助とのことがあるので、ことは簡単ではない。

剣之助とのことを盾《たて》に取り、いいがかりをつけて併清十朗を貶めようとしていると、脇田清右衛門は考えるかもしれない。

そうなると、当然、小野田彦太郎への影響もあろう。

脇田清十朗をとらえることは簡単だ。問題は、父親の脇田清右衛門に、志乃をめぐる清十朗と剣之助とのいざこざから、難癖をつけていると思われることだ。清十朗を甘やかして来た脇田清右衛門は、清十朗の言い分を聞くだろう。そうなると、小野田彦太郎に対して、どんな仕打ちをするかもしれない。

翌日の夜、剣一郎は小野田彦太郎の屋敷に赴いた。彦太郎から呼び出しがあったのだ。

いつもの座敷で差し向かいになると、女中が茶を淹《い》れて持って来た。

女中と入れ代わって、妻女のりくが入って来た。そして、彦太郎の横に座った。

「青柳どの。脇田清十朗どののことがだいぶわかりました」

小野田彦太郎は表情を曇らせて言う。おもわしくない話のようだ。

「清十朗どのの妻女はやはり自害しようとしたそうです。酔っては乱暴になり、金遣いも荒い清十朗どのに耐えかね、妻女は将来を悲観したようです」

「脇田さまはどうお考えなのでしょうか」

「脇田さまは、清十朗どのの言葉を鵜呑《うの》みにしているようです。妻女のほうが悪いと決めつけているようです」

彦太郎は表情を曇らせた。

「清十朗はあちこちで好き勝手なことをしているようです。先日も、伝通院前の料理屋で騒いでいるのを目撃しました。通りがかりの娘にもちょっかいを出し、やっていることは町のごろつきと変わりありません」

剣一郎はそのときの状況を話した。特に、料理屋でさんざん呑み食いしたぶんの勘定を払おうとしないことを話した。

彦太郎は呆れ返り、

「清十朗どのを婿にしていたらと思うと、ぞっとします」

と、しみじみ言った。

「ほんとうでございます。場合によっては、自害を図ったのが志乃だったということも考えられましたから」

脇から、りくが顔を強張《こわば》らせて言う。

「やはり、清十朗どのは剣之助どのや志乃に恨みを持ち続けているのでしょうか」

「おそらく、そうだと思います」

剣一郎はため息をついてから、

「清十朗を捕まえようと思えば捕まえられます。町の衆にも迷惑をかけていますし、酒代も踏み倒したりしています。なれど、私が背後にいるとなると、脇田さまは剣之助と志乃どののことがあるので、小野田どのと結託して清十朗を追い落とそうとしたのだと勝手に思い込まれかねません。そうなると、逆恨みをし、小野田どのにどんな仕打ちを与えるかわかりません。だから、下手に動けないのです」

「いや、場合によっては」

彦太郎が悲壮な決意で続けた。

「私は役を解かれてもいいとさえ思っています。志乃の仕合わせを第一に考えたいと思います」

「お気持ちはわかりますが」

「青柳どの。私も来年は四十二歳です。そろそろ、隠居してもいいかと、りくとも話し合っているところです」

「隠居？」

剣一郎ははっとした。

小野田彦太郎も隠居を考えているとは意外だった。剣一郎よりもふたつ年上とはいえ、志乃を嫁に出した今、小野田家を継ぐものはいないのだ。

「小野田家はどうなさるおつもりですか」

「りくの親戚の男の子を養子にもらってもいいと思っています」

「しかし、剣之助と志乃どのに男の子がふたり生まれた場合には、ひとりを小野田家に養子に出すという話も」

「私としては、そうなればもっとも望ましいのですが、脇田清十朗どのの恨みを考えると、そうも言っていられないかと」

「ともかく、この件は私にお任せください」

剣一郎は、彦太郎に早まった結論を出さないように念を押した。

小野田家を辞去し、本郷通りを昌平坂に向かいながら、思い切って脇田清右衛門に会ってみようかとも考えた。

宇野清左衛門の力を借りれば、なんとか会う機会を作ることが出来るかもしれない。だが、会うにはまだ早いような気がした。


その翌日。非番なので、剣一郎は浪人笠をかぶり、着流しで出かけた。

両国広小路を突っ切り、蔵前《くらまえ》通りを浅草《あさくさ》に向かい、花川戸《はなかわど》を経て、山谷堀《さんやぼり》を渡り、日光《にっこう》・奥州街道の出発点である千住宿にやって来た。

伝蔵の件は、吟味与力橋尾左門による吟味が二日前に終わり、あとは、きょうのお奉行の取り調べを待つだけである。

すでに、吟味与力の取り調べが終わった段階で、自白書である口書をもとに、例繰《れいくり》方《かた》が過去の判例をもとに量刑を導き出していた。

剣一郎は風烈廻りのほかに、この例繰方も兼務しているが、伝蔵の件には関わらないようにした。自分が捕まえた男であり、冷静な判断が出来ないと思ったからだ。例繰方の与力はふたりいるのだ。

『岩城屋』に放火する目的で火を付け、発見が早く大事に至らなかったが、物置小屋は全焼し、家屋の一部は消失した。御仕置裁許帳《おしおきさいきよちよう》に照らし合わせても、火罪が相当という結論だったようだ。

裁きは吟味与力の段階で、ほとんど決まってしまう。お奉行の前で、伝蔵がよほど新たなことを訴えでなければ、お奉行のお白州《しらす》での裁きは吟味与力の調べの確認をするだけに過ぎない。

伝蔵の件も新たな事実の発見もなく、剣一郎の思い過ごしに過ぎなかったようだ。

剣一郎にとっては今は伝蔵のことより、脇田清十朗のことのほうが大きな問題であった。千住宿の地廻りの連中に、清十朗は手を伸ばしているようなのだ。

やがて、千住の下宿と呼ばれる中村町《なかむらちよう》、小塚原町《こつかつぱらまち》を過ぎて千住大橋を渡ると、掃《か》部町《もんちょう》や千住一丁目から五丁目までを千住の上宿といい、全体で千住宿と称した。

ここにたくさんの飯盛《めしもり》旅籠があり、大勢の娼妓《しょうぎ》がいた。

剣一郎は千住宿の外れにある『街道屋《かいどう》』という宿場人足を斡旋《あっせん》する家の前を通った。

「ここです。ここの親分が脇田家と親しいようです」

文七が言う。

宿場の問屋場の宿場人足が足りなかったときに、この『街道屋』が人足を派遣する。その人足たちの親方は、睦五郎《むつごろう》というらしい。

筋骨隆々《きんこつりゅうりゅう》とした男たちが土間でたむろしているのが見えた。

そのまま、しばらく先を行くと、ところどころにいかがわしそうな顔つきの男たちがいて、通る者に目をやっていた。

「『街道屋』の人足です」

赤銅色《しゃくどう》に焼けたたくましい体をした男が褌《ふんどし》に半纏《はんてん》という姿で縁台に腰を下ろし、通る人間を見つめている。

「剣之助を見張っているのか」

「そうに違いありません」

文七がそれとなく様子を見ていると、旅装の者に声をかけては、若い武士と妻女らしき旅人を見かけなかったかきいていたという。

途中で、引き返した。

再び、『街道屋』の前を通り掛かったとき、浪人がふたり出て来た。いずれも、大柄で、獰猛《どうもう》そうな顔をした男だ。

「あれが、清十朗が雇った浪人です」

「すでに、千住宿を固めているというわけか」

「そうです」

ここで、うまく討《う》ち果たせば、清十朗たちとは一切関係ないことになる。そんな目論見《もくろみ》なのか。

「よし。わかった。引き上げよう」

剣一郎は来た道を戻った。

翌日、出仕して、伝蔵の裁きが終わったことを知らされた。

伝蔵を火罪にする書類は将軍の決裁を求めるために、登城した奉行から老中に渡すことになっている。

こうして、伝蔵が火罪になる手続きは一挙に進んだのである。

その日、帰宅した剣一郎は、多恵から剣之助の文を渡された。

万屋庄五郎《よろずやしょうごろう》も江戸に商用で出かけることになり、いっしょにあと十日ほどしたら酒田を発《た》つ。

剣一郎はその手紙を何度も読み返していた。

酒田を出発する日にちが正式に決まった。いよいよ、帰って来るのだ。

第二章　処刑

一

浅草の仕置場といわれた千住小塚原の刑場にひんやりした風が吹きつけた。竹矢来《たけやらい》の柵《さく》の前に、たくさんの人垣が出来ていた。

検死与力や同心たちが見守っている中を伝蔵が罪柱の前に連れてこられた。

この処刑場は千住宿の傍《かたわ》らにあり、往還が激しい。これからはじまる処刑をみようと、行き交うひとびとは足を止める。その見物人の中に、浪人笠をかぶった黒の着流しの剣一郎がいた。

非番のこの日、剣一郎は矢も盾《たて》もたまらずこの場所にやって来たのだ。

きのう、将軍の裁可が下り、老中からお奉行に届いた。それにより、今朝、吟味与力の橋尾左門が小伝馬町の牢屋敷に出向き、伝蔵を庭に出して、火罪を告げた。

遠目に見る伝蔵は憔悴《しょうすい》しており、怯《おび》えていた。これから、火焙《ひあぶ》りになるのである。恐怖心は最高潮に達しているのかもしれない。

伝蔵には、謎がある。半年前から『岩城屋』の下男として働いていたが、ひと月前、店の金を盗もうとして見つかり、暇《ひま》を出された。それから、日傭取《ひようと》りなどをして食いつないできたが、貧しい暮らしをしいられ、自分をやめさせた『岩城屋』を逆恨《さかうら》みし、火を付けたということになっている。が、はっきりしない点がいくつかある。

そのことを解明しないまま、処刑に及んでいいものかという疑問は今も消えない。

だが、その疑念は剣一郎の思い込みだけなのかもしれない。定町廻り同心の植村京之進の調べでも、剣一郎の納得のいく答えは見つからなかった。それは、最初から伝蔵の行動に裏の思惑などなかったからかもしれない。勝手に、剣一郎が不審だと思い込んでいただけということも考えられる。

さっきより、野次馬が集まっていた。

伝蔵を捕まえたという縁だけだが、剣一郎は火焙りにされる伝蔵を見届けてやりたいと思ったのだ。

しかし、伝蔵を捕まえたとき、伝蔵が呟《つぶや》いた言葉がある。

(七兵衛)

剣一郎にはそう聞こえた。そのことが気になって、京之進に引き渡したあとも大番屋に赴《おもむ》き、伝蔵にきいた。

「あのとき、確かに七兵衛と言った。七兵衛とは誰なのだ」

「いえ、そんなこと言った覚えはありません」

伝蔵は俯《うつむ》いて否定した。

その後、京之進に調べさせたが、伝蔵の周辺に、七兵衛という名の男はいなかった。

伝蔵が下男として住み込んでいた『岩城屋』の奉公人にも確かめたが、七兵衛という男はいなかったし、そういう名の知り合いがいるものもいなかった。もっとも、本人が嘘をついていたのかもわからない。

伝蔵はまったく余計なことは喋《しゃべ》らない。付け火のことも、否認しようとしなかった。もっとも、火を付けて逃げるところを剣一郎に捕まったのであり、油を染み込ませたぼろ布や火打ち石を持っていたこともあって、言い逃れは出来ないと早くから観念していたからであろう。

だが、伝蔵は根っからの悪人ではない。不運な道を歩いて来たに違いない。もし、罪を犯す前に知り合っていたら、なんとかまっとうな道を歩めるように手助け出来たのではないか。そう思うと、残念でならなかった。

こうなったら、せめてあの世で安らかに暮らして欲しい。剣一郎はそう願った。

周囲がざわついた。伝蔵が罪柱に縛りつけられたのだ。後ろ手に縛られ、足首や高《たか》股《もも》も縄で柱に縛りつけられ、そして、首にも縄がかけられる。

柱に縛られた伝蔵の体に茅《かや》を二重、三重に積み上げて行く。下は薪《たきぎ》で固めてある。

（伝蔵、成仏《じょうぶつ》せよ）

剣一郎は心の内で叫んだ。

火焙りなので、焼け死ぬのではなく、煙によって窒息《ちっそく》死させるのだ。だが、実際には、首に縄をかけるとき、絞《し》め殺している。苦痛を和《やわ》らげる配慮はなされている。

だから、もう伝蔵は死んでいる可能性がある。いよいよ薪に火が付けられた。やがて、薪が赤い炎を放ち、火は茅に燃え移る。白い煙が茅から立ち込める。

伝蔵の体が炎と煙で包まれたのを見届けてから、剣一郎はその場から離れた。

自分が捕まえた人間だけに、剣一郎は複雑な思いだった。

ぞろぞろ引き上げる野次馬の中に、きつね顔の男を見つけた。松井町のどぶ板長屋の又吉だ。『岩城屋』をやめさせられた伝蔵が頼った男である。

又吉に連れがあった。同い年ぐらいの遊び人ふうの背の高い男だ。

ふたりに近づいて、剣一郎は呼び止めた。

「又吉ではないか」

ふたりがびくっとしたように立ち止まった。

又吉が振り返ると、剣一郎は笠を心持ち上げた。左頰の青痣が見えたのだろう、又吉があっと、驚いた顔つきになった。

「青柳さま」

又吉は戸惑《とまど》い顔で、

「これはとんでもないところでお会いしました」

と、うろたえぎみに言う。

「伝蔵に別れを告げに来たのか」

ふたりの顔色が優れないのを見て、剣一郎は奇異に思った。又吉は、伝蔵とはそれほど親しくないと言っていたのだ。それなのに、わざわざ処刑場まで足を運んでいる。やはり、又吉も何かを隠している。そんな気がした。

「へえ。何だか寝覚めが悪いので」

又吉は細い目を伏《ふ》せた。

「おまえも伝蔵の知り合いか」

剣一郎は連れの男を見た。眉尻《まゆじり》がつり上がり、引き締まった顔立ちだ。この男も、伝蔵の処刑に心を痛めたように沈《しず》んだ表情だ。

「いえ」

男が否定する。

「青柳さま。こいつは俺のところに遊びに来たとき、何度か伝蔵と顔を合わせたことがあるんですよ。だから、伝蔵の最期を見届けるのに、つきあってもらったんです」

又吉が口をはさんだ。むきになって、説明しているという感じだった。

「名は？」

剣一郎は連れの男にきいた。

「へい。六助《ろくすけ》で」

六助は軽く頭を下げた。

「六助か」

剣一郎は六助から又吉に顔を向けた。

「又吉。そなた、ほんとうは伝蔵のことをよく知っているのではないのか」

剣一郎は当て推量できいた。

「知りません。ほんとうで」

又吉は落ち着きをなくした。

「『岩城屋』に下男として入る前、伝蔵がどこで何をしていたか聞いてはいないか」

「いえ、聞いちゃいません」

「そうか」

又吉の目をじっと見つめた。

「あっしらはこれから行くところがありますので」

又吉は逃げるように去って行った。

剣一郎はふたりの去った方角に目をやりながら、又吉の態度を訝《いぶか》しく思った。伝蔵の処刑を見届けに来たことも、ふたりは何か深いつながりがあったのではないかと疑わせる。

それに、六助という男だ。あの男もいっしょに来たのは、やはり伝蔵とは深いつながりがあったからではないか。

ふたりを追いかけ、六助の住まいをきいておこうとしたが、ふたりはだいぶ先を進んでいた。

これから、千住宿の『街道屋』の頭の睦五郎を訪ねることにしていたので、剣一郎はふたりを追うのを諦《あきら》めた。

あとで、又吉にきけばいい。そう思い、剣一郎は千住大橋に向かった。

千住大橋を過ぎると、掃部町で、さらに街道を先に行く。そして、千住宿の外れにやって来た。

『街道屋』の看板が見えて来た。

宿場人足の斡旋を表看板にしているが、実際はやくざだ。宿場で喧嘩《けんか》があれば、仲裁に入って礼金を受け取り、女郎と客がもめたら、客を威《おど》し、脱走する女郎をも見張って、礼金をもらっている。

つまり、金のためなら何でもやる連中だ。

剣一郎は編笠をかぶったまま、『街道屋』の暖簾《のれん》をかき分け、土間に入った。入ってすぐの板の間でごろごろしていた数人が飛び起きた。

「へえ、人足の御用ですかえ」

年嵩《としかさ》の男が出て来た。

「いや。違う。睦五郎に会いたい」

「なんでえ、お頭を呼び捨てにしやがって。てめえ、誰でえ」

胸板の厚い男が威嚇《いかく》するように剣一郎に迫った。

「睦五郎を呼べ」

「なんだと。この野郎」

男は腕まくりをした。

「早く、睦五郎を呼ぶんだ」

剣一郎が強い口調で言うと、男は後退《あとずさ》った。

「おい、頭を呼んで来い」

年嵩の男が若い男に言った。

若い男が奥に引っ込んだ。やがて、背の高い四十歳ぐらいの渋い感じの男が出て来た。

「あっしが睦五郎ですが、あっしに何か用で？」

「旗本脇田清右衛門を知っているな」

とぼけられないように、剣一郎は決めつけた。

「へい。何度かお屋敷にお邪魔しています」

「どういう付き合いなのだ？」

「あっしは昔は、脇田さまのお屋敷の若党をしてました。やめてから、ここに縁があって、こんな商売をはじめましたんです」

「では、清十朗も知っているのだな」

「知っています。それが何か」

「最近、清十朗に何か頼まれたであろう。それは何だ?」

「お侍さん。ひとにものを訊《たず》ねるのに、笠をかぶったままてえのは失礼じゃございませんかえ」

「なまじ顔を見ないほうがいいだろうと思ってのことだが、要望とあらば、笠をとろう。よいかな」

剣一郎が笠の結び目に手をやったとき、睦五郎があわてて言った。

「それには及びません」

「なぜだ?」

「お侍さんは今、仰《おつしや》ったではありませんか。なまじ顔を見ないほうがいいだろうと。それだけの理由ですよ」

「しかし、だからといって、質問に答えなくてもよいというわけにはいかぬ」

「へい。わかっております」

「では、教えてもらおう。清十朗に何を頼まれたのだ?」

「ひと捜しでございます。奥州街道をやって来る若い侍と妻女を見つけて欲しいということです」

「見つけたら、どうするのだ?」

「それは……」

睦五郎は返答に窮《きゅう》した。

「ここに、浪人がいるな。清十朗から遣《つか》わされた者だな」

一呼吸の間を置いてから、

「へえ。そうでございます」

と、声を低くして答えた。

「何人だ？」

「今のところ、ふたり。いずれ、増えるそうです」

「わかった。邪魔をした」

剣一郎が出て行こうとするのを、睦五郎が呼び止めた。

「青柳さま」

剣一郎は振り返った。

「気づいていたのか」

「はい。若い侍と妻女とは何者なのでしょうか」

睦五郎は声をひそめてきいた。

清十朗は名前を告げていないようだ。

「私の伜とその嫁だ」

　そう言うと、睦五郎は驚いたように息を呑んで、体を後ろに引いた。

剣一郎はそのまま土間を出た。

睦五郎はただ監視を頼まれただけのようだ。見つけたら、あとは浪人の出番となるのだろう。

今はふたりだけだが、いずれ人数が増えるという。この時期から備えていることから、清十朗のなみなみならぬ執念のほどが窺《うかが》える。

剣一郎は千住大橋を渡る。風が出て来た。欄干《らんかん》に寄り、川を覗《のぞ》く。隅田川《すみだがわ》の川面《かわも》に波が立っている。

あとをつけて来た者がいるのに気づいていた。川を見る振りをして、剣一郎は来た道を窺った。

浪人がふたり。先日、『街道屋』から出て来た者だろう。脇田清十朗に雇われた侍だ。

剣一郎は再び、歩きだした。

橋を渡り切る。小塚原には、まだ後片付けの役人が残っていたが、罪柱に伝蔵はいなかった。亡骸《なきがら》は広大な小塚原の土の下に埋められたのだろう。回向院《えこういん》から読経《どきょう》の声が聞こえて来る。

改めて、剣一郎は伝蔵に思いを馳《は》せた。

だが、すべては終わったのだ。

そう自分に言い聞かせ、浅草山谷町までやって来た。そこで、背後にぴたっとついた者がいた。

剣一郎は立ち止まった。

さっきの浪人だ。ひとりが剣一郎を追い抜き、行く手に立ちふさがった。

「おまえは何者だ」

背の高い浪人が言う。獰猛《どうもう》な顔をしている。ひとを斬ることに何のためらいもないような残忍さが、顎《あご》の細く尖《とが》った顔立ちからも窺える。

「名乗るほどの者ではない」

どうやら、睦五郎は剣一郎の正体をまだ、浪人に明かしていないようだ。

「先日も、店の前を通りすぎた。何のために、『街道屋』にやって来た?」

「そなたは、何のために『街道屋』に居候《いそうろう》しているのだ? 脇田清十朗に頼まれたのか」

「なに」

相手が刀の柄《つか》に手をかけた。

「真っ昼間、ひと目のある往還で、刀を抜く気か」

「なにを」

刀の柄に手をかけたまま、浪人は迷った。

「騒ぎを起こせば、役人がやって来る。そうなれば、そなたの名前も知れる。よいのか」

「場所を変えよう」

背後にいた浪人が言う。

「いや、やめよう。騒ぎを起こすのはまずい。今度、会ったら容赦《ようしゃ》はせぬ。そのつもりでな」

顎の尖った浪人は柄から手を離し、剣一郎の前から離れて行った。

まだ、あの浪人は何かをしたわけではない。とらえて、自身番に連れて行くわけにはいかない。

剣一郎も何も手が下せないまま、浪人を見送らざるを得なかった。

気を取り直し、山谷から浅草を過ぎ、蔵前通りを通って、神田川を越えた。そして、柳原《やなぎわら》通りを行き、神田須田町にやって来た。

『岩城屋』の店先にいた手代《てだい》に、主人への取次ぎを頼んだ。笠の内の顔を覗いた手代は、あわてて奥に引っ込んだ。

剣一郎は笠をかぶったまま、そこに立っていた。奉公人が忙しく立ち働いている。商売は繁盛《はんじょう》しているようだ。

「お待たせいたしました」

手代が戻って来た。

「今、主人は庭におります。どうぞ、こちらへ」

手代は通り庭から奥に案内した。

まだ十二、三歳と思える頑是無《がんぜな》い娘が井戸の水を運んでいた。手足も細い。ほっぺたが赤く、健康そうな顔色に比べ、悲しげな目をしていた。

菊の鉢の前で、主人の浜右衛門が剪定鋏《せんていばさみ》を持って立っていた。

「これは青柳さま。このようなところまでお越しいただき申し訳ございません」

「いや。なかなか、繁盛しているようだな」

この店の中に、伝蔵を引き入れた者がいるのかもしれない。剣一郎はそう思ったが、口にしなかった。

「はい。おかげさまで」

浜右衛門は腰を低く言ったあとで、

「どうぞ、あちらに」

と、誘った。

「いや。伝蔵がきょう火罪になったことを告げに来ただけだ」

剣一郎は静かに言った。

「そうでございますか。火罪に……」

浜右衛門はしんみり言った。

「僅《わず》かでもうちにいた人間ですから、複雑な気持ちです。きょうは仏壇に灯明《とうみよう》を上げさせてもらいましょう」

浜右衛門ははっと気づいたように、

「さあ、ここでは申し訳ございません。少しだけでも、お寄りください」

と、改めて熱心に勧めた。

「いや。ここで結構」

そう言い、剣一郎は菊の鉢に目を留めた。

「見事なものではないか」

「はい。今年の菊の品評会にはぜひ出品をしたいと思っております」

少し離れた場所にある井戸に目をやる。さっきの娘が水を汲《く》んでいた。風呂を沸《わ》かしているのは伝蔵に代わって雇った下男だろう。

廊下を女中がやって来た。

「辰巳《たつみ》屋さんがお出《い》でですが」

「辰巳屋が？　少し待ってもらいなさい」

「いや、私ならもう引き上げる。私に構わず行ってよい」

「そうでございますか。それではお言葉に甘えて」

「すまぬが、裏口から出してもらえぬか」

「裏口からでございますか」

浜右衛門は訝しげにきく。

「うむ。忙しそうにしているところを通るのでは申し訳ない。私が出たあと、誰かに錠《じょう》をかけてもらってくれ」

「わかりました」

浜右衛門は井戸のほうに向かい、

「これ、おさよ」

と、目についた下女を呼んだ。

はいと、手を拭きながら近寄って来たのは、さっき見かけた十二、三歳と思える娘だ。まだ、子どもだ。

「おさよ。青柳さまは裏口からお帰りなさる。案内して差し上げるのだ」

「はい」

おさよと呼ばれた娘は畏《かしこ》まって答えた。

「それでは、青柳さま。ここで失礼いたします」

浜右衛門は廊下に上がって奥に向かった。

「おさよか。案内してもらおうか」

剣一郎は声をかけた。

「はい。どうぞ、こちらでございます」

おさよは先に立ち、植込みの間を縫《ぬ》い、土蔵のほうに向かった。

「おまえの国はどこだ？」

「はい。相模《さがみ》にございます」

おさよはうつむいて答える。

「両親は達者なのか」

「はい」

返事に力がなかった。口減らしのために奉公に出されたのかもしれない。苦界《くがい》に身を落とさないだけよかったというべきなのだろう。

焼け落ちた物置小屋はすべて片づけられていた。裏口の戸に向かいかけたとき、おさよがふいに振り向いて言った。

「青柳さま。伝蔵さんはきょう火罪になったのでございますか」

さっきとは違い、激しい口調だった。

「そうだ。死んだ」

「そうでございますか」

おさよは一瞬、足元をよろけさせた。

「だいじょうぶか」

あわてて、剣一郎はおさよの細い腕を摑《つか》んだ。

「申し訳ございません。伝蔵さんにはよくしてもらったものですから」

おさよはあわてて言う。

「よくしてもらった？　伝蔵はひとと交わるのは好きではなかったようではないか」

「はい。他のひととはほとんど話をしませんでした。でも、私をいつも励ましてくれました」

「はい。私が国を思い出して、よく庭で泣いたりしていたので、同情してくれたのだと思います」

「そうか。伝蔵はやさしいところもあったのだな」

「はい」

下女と下男の関係で、おさよは伝蔵を兄とも父とも思い、頼っていたと言う。

「この家の中の者で、伝蔵と親しい者はおまえ以外には誰もいなかったのか」

剣一郎は訊《たず》ねた。

「はい。伝蔵さんはいつもひとりぼっちでした。ただ、黙々と仕事をしていました。私と同じです」

おさよは寂しそうに言った。

「伝蔵のほうも、おまえがいたから寂しくはなかったのだろうな」

「わかりません。伝蔵さんは私をなぐさめ、励ましてくれていただけです。私は伝蔵さんのなぐさめにはなっていません」

おさよは泣きそうな顔になった。

「伝蔵から、何か変わったことをきいたことはないか」

「励ます？」

「いえ。なにも」

「伝蔵は自分のことを何も話さなかったか」

「いえ。上州《じょうしゅう》から出て来たということと、国には身内もいないということは話していました」

「そうか」

気になって、剣一郎はきいた。

「おさよ。仕事は辛いか」

「いえ、そうでもありません」

おさよの声に元気がなかった。

「辛いこともあろうが、しっかりな」

剣一郎が言うと、おさよは涙ぐんだ。

裏口を出た。あの夜、ここから出て来た伝蔵を捕まえたことで、火付けが露顕《ろけん》したのだ。

自分が捕まえた男が処刑されたことは、たとえその罰を受けたのだとしても、剣一郎の気を重くした。

二

二日後の非番の日、剣一郎は向島《むこうじま》に剣の師であった真下治五郎《ましたじごろう》を訪ねることにした。

伝蔵の処刑が済み、事件は終わった。だが、なんとなくすっきりしないものが残ったままだ。

しかし、もうどうするすべもない。

八丁堀組屋敷の堀から船に乗り、富島町一丁目、霊岸島《れいがんじま》、そして田安《たやす》家の下屋敷を右手に見て大川《おおかわ》に出ると、すぐ目の前に新大橋《しんおおはし》が現われた。

真下治五郎が、鳥越《とりごえ》神社の裏手にあった江戸柳生《やぎゅう》の道場を伜に譲《ゆず》り、向島に隠居をしてから、もう何年にもなる。

以前、なぜ、真下先生は隠居して向島に住むようになったのかと、剣之助にきかれたことがある。剣の極意に達したものにしかわからない悟《さと》りがあったのだろうと、剣一郎は答えた。

両国橋を潜《くぐ》り、船は左手に浅草御蔵《おくら》を見て、波の上を一路、向島に向かった。

最近、剣一郎はふとしたときに、体力の衰《おとろ》えに気づかされるようになっていた。ことに、朝から見廻りで江戸の町を歩いていて、夕方になると、呼吸が微《かす》かに乱れるようになった。たいしたことではないのだが、これまでのことを考えたら、剣一郎にとっては衝撃《しょうげき》的なことだった。

町廻りのとき、礒島源太郎と只野平四郎の歩行の速度に合わせるには、以前に比べてかなり骨折りだ。

確実に老いが忍び寄っている。いや、まだ老け込む歳ではない。だが、若い頃のようなわけにはいかないことは事実だった。

それでも、公務には差し支えない。それに、同じ年代の男より、はるかに体力はあると思っている。それなのに、ちょっとした衰えを重大なものとしてとらえている。最近、隠居という文字が剣一郎の脳裏《のうり》を掠《かす》めるのだ。そんなことを考えるようになったのも、剣之助が戻って来ることと無関係ではない。

後進に道を譲ることも大事だ。いつまでも剣一郎が居座っていては、剣之助がはばたくのを邪魔してしまうのではないか。

小野田彦太郎が隠居を口にしたとき、剣一郎は押し止めた。また、宇野清左衛門のときもそうだった。他人が隠居という言葉を口にすると、まだ早いと、剣一郎はたしなめる。

しかし、自分のこととなると、判断が出来なくなる。人間というのは身勝手なものだと苦笑するしかない。

真下治五郎が隠居を決めたきっかけはなんだったのか。そのことを聞いてみたい。そんなことを気にするようになったこと自体、歳をとった証拠か。

治五郎は、二十歳近くも歳若い女房といっしょに向島に移った。あるいは、治五郎が隠居を決めたのは若い女房のおいくと片時も離れずにいっしょにいたいという理由からかもしれない。

いや、剣一郎は以前からそう思っていた。だが、最近はそうではないのではないかと思うようになった。

浅草の五重塔が見え、対岸の向島側に船は近づいて行く。三囲《みめぐり》神社の鳥居の前にある船着場に到着した。

船を下り、剣一郎は編笠をかぶって土手を行く。初秋の風が気持ちよい。この風を受けていると、心の鬱屈《うっくつ》も忘れそうだ。

長命寺《ちょうめいじ》が見えて来た。長命寺名物の桜餅《もち》の店の前で、紅い毛氈《もうせん》の縁台に数人の若い侍がいた。芸者ふうの女ふたりを連れている。

その若い侍のひとりが、脇田清十朗の取り巻きに似ていたが、定かではなかった。

真下治五郎の家に近づくと、家の傍に野良着《のらぎ》姿の老人がいた。治五郎だった。

「おう、青柳どの」

治五郎は顔をくしゃくしゃにして笑った。笑うと、もともと皺《しわ》の多い日焼けした顔が猿のようになった。

「先生、お元気そうで」

一時、病気で寝込んだことがあったが、すぐに回復した。もともと、頑健《がんけん》な体の持ち主だ。

「おいく。青柳どのだ。おいく」

子どものように、奥に向かって叫ぶ。

おいくが出て来た。相変わらず、若々しい。

「まあ、青柳さま。いらっしゃいまし。さあ、どうぞこちらへ」

おいくは剣一郎を招く。

治五郎は井戸のほうに行った。手を洗って来るのだろう。

先に部屋に上がって待っていると、治五郎は野良着のまま現われた。

「これ、青柳さまから頂戴《ちょうだい》いたしました」

おいくは酒の徳利《とっくり》を見せた。治五郎は、相好《そうごう》を崩《くず》し、

「さっそく頂こう」

と、言いだした。とにかく、酒には目がない。

「昼間からよろしいのでしょうか」

「なあに、気の赴くままに生きる。これが長生きの秘訣だ」

治五郎は快活に笑った。おいくは諦めたような顔をしている。治五郎とおいくでは夫婦には見えない。父娘どころか、祖父と孫だ。

「ところで、剣之助が帰って来るそうだの」

治五郎がきいた。

「はい。もう、あと四、五日したら、酒田を発つということです」

「楽しみだな」

治五郎が剣之助の話題を出したので、剣一郎はここぞとばかりに口を開いた。

「先生は、あっさり剣術を捨て、隠居をして、こちらに引きこもりました。先生を、そんな気持ちにさせたのは何だったのでしょうか」

治五郎は目を細めた。

「隠居した理由か。おいくだ」

治五郎はあっさり言った。そうであろうとは想像していた。だが、ほんとうは別に理由があったのではないか。そう思っていたので、答えに落胆《らくたん》した。だが、その一方で、やはり、治五郎もただの男だったのかという微笑《ほほえ》ましい思いも持った。

「青柳どのの気持ちはよくわかる」

と言いだしたのは、酒が入ったあとだった。

おいくが燗《かん》をつけて持って来てくれたのだ。酒を呑みはじめて、世間話に興じているときに、ふいにそのことを言ったのである。

「私の気持ちと仰いますと？」

「男は四十歳になり、倅も育って来たときには、誰もがそう思うものだ」

治五郎は勝手にわかったようなことを言っているが、剣一郎は何を言わんとしているか、はっきりわからなかった。

だが、どうやら、さっきの話の続きだと気づいた。隠居した理由のことだ。

「親は子どもが成長してくれることを願い、成長した姿を目にして喜ぶものだ。だが、それはあくまでも親としてだ。まだまだ子どもに負けたくないと思う。私が隠居を決意したのはおいくを知ったこともあるが、一番の大きな理由は自分の老いを恐れたのだ」

「老いですか」

やはり、治五郎は老いという問題に直面したのか。

「もちろん、老いても剣をとれば誰にも負けないという自信はあった。伜が伸《の》してこようと、私はさらにその上を目指す。たとえ、足腰が弱く、目も衰えようが、いざとなれば誰にも負けない。そう思っていた。だが、自分が愕然《がくぜん》としたのは、私がいっそう頑固になっていたことだ」

「頑固ですって」

なぜか、剣一郎ははっとした。

「そうだ。歳を重ね、人生経験を積めば、人間が練《ね》れて来る。そう思っていたが、あれは嘘だ」

治五郎は自嘲《じちょう》気味に言う。

「私は頑《がん》として言い張ることが多くなった。そうなれば老害だ。それで、おいくがついて来てくれるというので、こっちに引っ込んだというわけだ」

治五郎が穏やかな笑みを作り、

「おそらく、青柳どのもそろそろ老いというものを意識するようになって来たのではないか」

「仰るとおりでございます」

「子どもが成長し、頼もしい存在になると、不思議なもので今度は自分の老いを考える。だが、そんな心配は無用だ。青柳どのはまだ若い。肉体の衰えとて、急激にやって来るものではない。心が萎《な》えていなければ、まだまだやれる。それに、青柳どのは私と違って老害を振りまくようにはなるまい」

「そうでしょうか」

「間違いない。老いなど意識せず、これまでどおり突き進むことだ。ただ、現実を素直に受け入れることだ。おそらく」

治五郎は真顔になった。

「青柳どのは御番所内で、大きなお役に就《つ》くような話が出ているのではないか。だが、青柳どのは今の仕事が好きなのだ。違うか」

剣一郎は鋭い洞察《どうさつ》力に舌を巻く思いだった。

そう指摘されれば、そういうことかもしれないと、剣一郎ははじめて自分の悩みの核心に気づかされた。

宇野清左衛門は隠居の希望を漏らし、あとを剣一郎に託したいということを口にした。だが、剣一郎は風烈廻りとして町を見廻り、また事件が勃発《ぼっぱつ》すれば、定町廻り同心に手を貸す。そういうことが好きなのだ。

心の底では、年番方与力への昇進を望まず、今のままでいたい。だが、いつまでも今のままでいられるか、その不安が老いというものを意識させていったのではないか。

現実を素直に受け入れることだと治五郎は言う。つまり、素直に年番方与力を引き受けろということか。

「青柳さま。どうぞ」

話に夢中になっていて、盃《さかずき》は空のままだった。

「すみません」

盃を差し出すと、おいくの白い腕が伸びて来た。

「わしが死んだら、おいくを頼む」

いきなり、治五郎が言った。

これは治五郎の口癖のようになっていた。いずれ自分は先に死ぬ。遺されたおいくが可哀《かわい》そうだ。あとを頼めるのは青柳どのしかいない。治五郎はそう言う。

ふと、治五郎は盃を置き、いきなり言った。

「青柳どの。久しぶりに立ち合おう。庭に」

治五郎は真顔で立ち上がった。

「はい」

剣一郎も応じた。

庭に出ると、治五郎は木刀を持って来た。

剣一郎は治五郎と対峙《たいじ》した。治五郎は枯《か》れ枝のような体で木刀を青眼《せいがん》に構えた。剣一郎も青眼に構える。

剣一郎は驚かざるを得なかった。青眼に構えた治五郎の木刀はびくともしない。まっすぐ剣一郎の目をとらえて離さない。やがて、治五郎の体が木刀に隠れ、その木刀だけが巨大になっていく。そんな錯覚がしたのだ。

付け入る隙はなかった。だが、剣一郎は呼吸を整え、心を無にした。その刹那《せつな》、木刀の後ろに治五郎の姿が現われた。その瞬間、剣一郎は上段から踏み込んだ。

治五郎の木刀はまだびくともしなかった。そのまま、剣一郎の木刀が治五郎の頭上を襲ったとき、いつの間にか治五郎は、剣一郎の木刀が届かない後ろに飛び退《の》き、そのまま青眼に構えていた。

その敏捷《びんしょう》な動きに、剣一郎は目を見張る思いだった。

やがて、治五郎が構えを解いた。

「青柳どの。お見事」

「いえ、先生こそ」

剣一郎は感嘆《かんたん》の声を上げた。

「いや。青柳どのの攻撃を避けるためにどれほどの力を出したか」

治五郎の呼吸は荒かった。

全身に漲《みなぎ》っていた気力は剣一郎の攻撃を避けるのに十分だったが、その体力は限界に達していたようだ。

これが老いかもしれない。剣一郎はふと寂しい思いに襲われた。だが、あの構えは老いを感じさせなかった。

再び、座敷に戻り、酒を呑み始めた。治五郎は楽しそうだった。

「今度、剣之助と嫁さんを連れて来てくれ。会ってみたい」

「はい。連れて参ります」

「おいく。また、楽しみが増えた」

治五郎は明るく笑った。

それから半刻（一時間）ほどして、剣一郎は治五郎の家を辞去した。

「それでは失礼いたします」

外まで見送ってくれた治五郎とおいくに別れを告げ、剣一郎は隅田の土手に向かった。途中、振り返ると、ふたりはまだ立っていた。

先生はお元気だと、剣一郎は安心した。先生からすれば、俺はまだまだ若造だと気を強くした。

太陽は少し西に傾いた。土手を往来するひと影は少ない。ふいに目の前に立ちふさがった者がいた。

ひげもじゃのいかつい顔をした浪人だ。腕も太い。その浪人が仁王《におう》立ちになって、行く手を塞《ふさ》いだ。

「邪魔だ。どいてもらおう」

剣一郎は足を止めて言う。

「笠をとれ」

浪人が野太い声を出した。

「笠をとれば、そなたにとって困ることになる。よいのか」

「なにを抜かすか。とらねば、俺がとってやる」

浪人はいきなり抜刀した。

「誰に頼まれた？」

剣一郎は数歩下がってきく。

さっき長命寺にいた若い侍は、やはり脇田清十朗の取り巻きだったのかもしれない。

「脇田清十朗か」

そうきいたとたん、浪人が強引に上段から斬り込んで来た。剣一郎は後ろに飛び退いて、相手の剣を避けた。続けざまに、今度は剣を横になぎ、胴を目掛けて来た。それを、身を翻《ひるがえ》して避ける。

舞うような剣一郎の動きに、浪人はかっと頭に血が上ったようだ。またも、強引に上段から踏み込んで来た。

剣一郎が右に、左にと相手の剣をかわすたびに、空気を裂《さ》くうなり音がした。

だんだん、浪人の息が上がって来た。

「どうした？　疲れたか」

「なにを」

浪人は自棄糞《やけくそ》のように剣を振り回した。剣一郎は軽く身をかわしながら、刀の鯉口《こいぐち》を切り、相手の剣が上段から振り下ろされたとき、剣を抜いた。

次の瞬間、浪人の剣は大きく弾かれて飛んだ。

浪人はあっと悲鳴を上げた。

「これまでだ」

剣一郎は浪人の眼前に剣尖《けんせん》を突きつけ、

「誰に頼まれたのか、話してもらおう」

と、迫った。

「知らぬ」

浪人は震える声で言った。

「ならば、奉行所に連れて行く」

剣一郎は威《おど》した。

「ふん。奉行所に行ったって何の罪になる？　侍同士の決闘だ」

浪人はうそぶいた。

「そうかな」

剣一郎は含み笑いを浮かべ、

「俺は八丁堀与力だ」

と、笠を持ち上げた。

「あっ、青痣与力」

浪人は目を剝《む》いた。

「そうだ」

浪人は狼狽《ろうばい》した。

「与力を襲ったからにはただではすまぬ。死罪を免《まぬか》れても、遠島《えんとう》か。番屋に突き出す。歩け」

「待ってくれ」

浪人が哀《あわ》れっぽい声を出した。

「たまたま、通りがかった侍たちに頼まれたのだ。深編笠の侍がまた引き上げて来るのを待ち伏せし、斬れと。斬ったら、十両くれると言った」

「最初から、雇われていたのではないのか」

「違う。さっきだ」

「その中に、脇田清十朗という侍はいたか」

「いた。他の者が脇田さまと呼んでいた」

ふと、逃げるように走って行く若い侍がいた。様子を見ていたのだろう。浪人が失敗したのを告げに行くようだ。

「奴らはどこにいる？」

「秋葉《あきば》神社境内《けいだい》の料理屋にいる」

芸者を連れて、向島に遊びに来た清十朗たちは、たまたま長命寺で深編笠の侍を見つけた。そこで、見かけた浪人に声をかけて金で雇い、剣一郎を襲わせたのだ。

「よいか。もう二度と、奴らの誘いに乗るのではない」

「わかった」

「それから、俺のことを話すな。よいな。もし、話したら、今度は容赦しない。行け」

「行っていいのか」

「よいか。二度と俺の前に現われるな」

浪人は大きく頷くと、急いで駆けだして行った。

剣一郎はまたも清十朗たちの対応に窮した。相手は旗本の子息であり、揉《も》め事の原因は剣之助とのことだ。やはり、不用意には動けないと、自制するしかなかった。

三

翌日は風が強く、出仕した剣一郎は、風烈廻り与力として同じ掛かりの同心礒島源太郎と只野平四郎のふたりと共に町の巡回に出た。

ふだんの見廻りは同心に任せているのだが、風の強い日には剣一郎もいっしょに町廻りをする。火災の予防や、付け火などの不心得者の行動を防ぐために出役するのだ。

伝蔵のようなこともある。あのときは風のない日だからよかったが、風の強い日だったら大惨事《だいさんじ》になっていただろう。

風烈廻りは与力ふたりと同心が四人いて、交代で見廻りをしている。

昼前までは京橋《きょうばし》から日本橋、築地《つきじ》などを歩き、午後になってからは牛込《うしごめ》、小石川《こいしかわ》をまわり、夕方になって湯島《ゆしま》を抜け、御成《おなり》道から筋違御門《すじかいごもん》を潜って八辻ケ原へとやって来た。

やはり、ここまで歩き回って来ると、いささか疲れを覚えた。以前にはなかったことだ。しかし、これぐらいの疲れは仕方ないことだと、剣一郎は考えるようにした。

ただ、呼吸の乱れをふたりに気づかれないように、変わらぬ足取りで歩く。

神田須田町に向かって行くと、柳原の土手から誰かが、何か叫びながら駆けて来るのに気づいた。こっちに向かって叫んでいる。印半纏《しるしばんてん》を着た職人のようだ。

「青柳さま。何やら叫んでいます」

只野平四郎が鋭い目で告げた。

この只野平四郎の父親は有能な定町廻り同心だった。平四郎もいつか定町廻り同心になることを望んでいる。平四郎だったら、よい定町廻りになるだろうと、剣一郎は思っている。

「平四郎。だいぶあわてているようだ。こっちから行って話を聞いて来い」

「はっ」

剣一郎が言うと、平四郎は走って来る男に向かって駆けだした。

平四郎が職人から話を聞いている。職人は後ろを指さして、何か訴えている。

やがて、平四郎が戻って来た。

「柳森《やなぎもり》神社の裏手で、男が死んでいるそうです」

柳森神社は柳原の土手の和泉《いずみ》橋近くにある。神田佐久間町《さくまちょう》の普請場からの帰り、神社の裏手で小便をしようとして見つけたという。

「草むらから人間の手が見えたそうです」

「よし。すまぬが誰かを自身番に走らせてくれ。私と平四郎で、現場に行ってみる」

剣一郎は礒島源太郎に言い、平四郎に目をやり、

「平四郎。私について来い」

と、声をかけた。

平四郎は意外そうな顔をしたが、すぐ張り切った顔つきになり、

「はい。わかりました」

と、元気よく応じた。

供の者も礒島源太郎に預け、剣一郎と平四郎は柳森神社に向かった。

神社の前にやって来た。鳥居を潜らず、神社の裏手にまわる。

「あそこです」

平四郎が土手下の草の繁《しげ》みの中に、倒れている男を見つけた。

剣一郎も草をかきわけた。

遊び人ふうの男が仰向けに倒れていた。心の臓と腹部に血が滲《にじ》んでいた。顔は土気《つちけ》色だ。血は少し乾いてきていた。

「平四郎。死後、どのくらいかわかるか」

剣一郎は平四郎にきいた。

「はい。血の乾き具合から二刻（四時間）ぐらい経っているでしょうか」

「そのとおりだ」

剣一郎はほとけの顔を改めて見た。おやっと思った。生きているときの印象とはまったく変わっていたが、見覚えがあった。

「やっ。これは又吉だ」

覚えず、剣一郎は叫んだ。

『岩城屋』をやめさせられた伝蔵が頼った男が又吉だった。しゃがんで、懐《ふところ》の中を調べる。財布はあった。

匕首《あいくち》で心の臓を刺されたのだ。喧嘩か。しかし、手慣れたものの仕業《しわざ》だ。

又吉とは三日前に小塚原の処刑場で会ったばかりだった。又吉の連れの六助のことで会いに行こうと思っていたのだ。なぜ、又吉が殺されたのか。

やがて、京之進と岡っ引きが駆けつけて来た。

「ごくろう。殺されたのは又吉だ」

剣一郎が言うと、京之進は目を見開いた。

「又吉というと、伝蔵の？」

「そうだ。まず、亡骸《なきがら》を確かめよ」

「はっ」

京之進はほとけの傍に駆け寄った。そして、体の傷や持ち物などを調べてから、剣一郎のところに戻って来た。

「又吉に間違いありません。心の臓を一突き。かなりの手練《てだれ》です」

京之進も戸惑いぎみに言った。

「伝蔵の処刑から三日だ。伝蔵の件に関連があるかどうかわからないが、その件も含めて探索をすることだ」

「はい」

「それより、まず、あの男だ。六助という男を知っているか」

「六助？　いえ、知りません」

京之進が知らないのは無理もない。

「歳の頃なら三十前後。眉尻がつり上がり、引き締まった顔立ちの男だ」

六助の特徴を話してから、

「伝蔵の処刑の日、小塚原の野次馬の中に、又吉といっしょにいた男だ。この六助を探し出すのだ。何か知っているはずだ」

と、剣一郎は六助が事件の鍵を握っていると言った。

「わかりました」

「じゃあ、あとは頼んだ」

「はい。失礼します」

京之進は再びほとけのもとに向かった。

その姿を、只野平四郎がじっと見つめていた。

「うらやましいか」

「はい。私も植村さまのようになりたいと思っています」

「いずれ、夢は叶おう。それまでは、今の持ち場をしっかりとな」

「はい。畏まりました」

平四郎は元気よく応じた。

いつか、平四郎はいい定町廻りになると、剣一郎は宇野清左衛門にも力説している。有能だった父の跡を継ぐことが出来たら、亡くなった父親もさぞかし喜ぶことだろう。

翌日、剣一郎はいつもの時間に出仕した。

すでに京之進は探索に出かけたようだった。

与力部屋で少し休憩をとったあと、剣一郎は宇野清左衛門のところに行こうとし、見習いの坂本時次郎を呼んだ。

「すまないが、宇野さまのところにこれからお邪魔したいのだ。都合を伺ってきてくれないか」

「わかりました」

時次郎はきびきびとして去って行った。剣之助が帰って来るので、張り切っているようだ。

そういえば、時次郎は嫁のほうはどうなっているのか。場合によったら、世話をしてやろう。そんなことを考えていると、時次郎が戻って来た。

「これからで構わないそうです」

「ごくろう」

「はっ」

時次郎が去って行こうとするのを呼び止めた。

「時次郎。そなた、嫁はどうなのだ?」

「えっ、嫁? いえ、私はまだ」

時次郎は俯き、恥じらいながら答えた。

「そうか。わしも心がけておこう」

「は、はい」

時次郎は赤くなっていた。

剣一郎は部屋を出た。

年番方の与力部屋に向かう途中、吟味方の橋尾左門と廊下で出会った。

「ちょっと、よいか」

「なんでござるか」

剣一郎はよいところで会ったとばかりに、左門に声をかけた。

屋敷に遊びに来たときにはくだけた調子になるのだが、奉行所内ではいつも吟味与力の威厳を保つように気難しそうな顔をしている。

「じつは、伝蔵と縁のあった又吉が殺された」

「又吉……」

左門は思い出そうとした。

「伝蔵が頼った男か」

左門は眉根を寄せた。

「そうだ。伝蔵の事件に関係してのことなのか、まったく無関係か、気になる。なにしろ、伝蔵は何かを隠したまま死んで行ったのだ」

「関係している可能性はあるのか」

左門は表情を曇らせた。

「わからない。又吉には六助という仲間がいた」

「六助？　知らないな」

「知らぬのは無理もない。俺が知ったのも伝蔵の処刑の日だ。又吉といっしょに処刑を見に来ていた」

「六助の居所はわかるのか」

左門が厳しい顔できいた。

「いや。今、京之進に探させている」

六助と又吉の間で何か揉め事があったのか。その可能性もないではない。しかし、ふたり揃って、伝蔵の処刑を見に来たりしたことからして、対立しているようには見受けられなかった。

やはり、伝蔵の事件と関わりがあるのか。

「吟味に出て来た証人の言葉の中に、六助の存在を暗示するような発言はなかったか」

　剣一郎は確かめた。

「特に、気になるような証言はなかった」

　あの吟味に間違いがあったわけではない。他にどんな証拠が出て来ようが、伝蔵の火罪は免れなかった。だから、その裁きに落ち度があったわけではない。

　ただ、事件の全容が解明出来たかどうか。そのことに自信はない。又吉の死が伝蔵の事件と何らかの形でつながっている可能性はないのか。

　左門と別れ、剣一郎は年番方の部屋に行った。

　宇野清左衛門は待っていた。

「こっちへ」

　宇野清左衛門の招きに、剣一郎は傍に近づいた。

　一礼してから、

「宇野さま。お願いがございます」

　と、剣一郎は切り出した。

「うむ。何かな」

「先日、火罪になった伝蔵と付き合いのあった男が昨日柳原土手で殺されているのが見つかりました」

「伝蔵の事件と関わりがあるのか」

宇野清左衛門は厳しい顔をした。

「わかりませんが、その可能性もあります。少し、この件を調べてみたいのです。お許し願いたいのですが」

宇野清左衛門から特命を受けることがふつうだが、剣一郎のほうから望むこともある。

内与力の長谷川四郎兵衛に言わせれば、剣一郎を特別扱いにしているということになる。確かに、そう思われても仕方ないかもしれない。

自ら進んで、定町廻り同心の探索の仕事を引き受けようというのだ。越権行為もはなはだしく、定町廻りにとってはやりにくいに違いない。

だが、剣一郎は定町廻りの邪魔にならないように気を配って探索はしている。また、何か手掛かりを摑めば、それは皆、同心の手柄にしている。それに、今回の又吉殺しの探索は京之進が受け持っているが、伝蔵との事件絡みではないかと疑っているのは剣一郎だけだ。

京之進には又吉の周辺から六助のことまで調べ上げてもらい、自分は伝蔵とのつながりを調べる。そういう役割分担でもよいと、剣一郎は思っていた。

ようするに、伝蔵の事件を調べ直したいということだった。

「青柳どのがそう言うからには、何かがあるのであろう。あいわかった。青柳どのにはその任務を与えることにしよう」

「ありがとうございます」

剣一郎とて最初から、特命という形で捜査をしてきたのではない。あくまでも個人的な行動だった。それが、手柄を重ねるうちに、いつしか宇野清左衛門に認められたということだ。

四

剣一郎はいったん、八丁堀の屋敷に帰った。

いきなり帰って来た剣一郎を見ても、多恵はいつも平静に迎える。昼間、夫が奉行所から突然、帰って来たら、妻は何ごとがあったのかと身構えるのではないかと、剣一郎はきいたことがある。

すると、多恵はこう答えた。

「お顔を見れば何があったかわかります。生き生きしたお顔なら、また特命が下ったのだとわかります」

自分では気づかなかったが、特命を受けたときの自分は生き生きしているようだ。

やはり、探索という仕事が好きなのかもしれない。

きょうも、多恵は何も言わずに着替えを手伝い、明るく見送ってくれた。

剣一郎は着流しに浪人笠をかぶって門を出た。

原点に返り、伝蔵のことを詳しく調べることからはじめてみようと思った。

剣一郎は米沢町に向かった。

秋空が広がり、白い雲がゆったりと流れている。微風が吹いているだけで、穏やかな陽気だ。

米沢町にやって来た。口入れ屋『松葉屋』の看板が見える。剣一郎はまっすぐに向かった。

笠をとって、店の土間に入った。中年の客が帳場格子の前の番頭と話していた。番頭は分厚い台帳を広げていた。

奥から手代が出て来た。

「主人はおるか」

剣一郎が言うと、瘦《や》せた手代はすぐに奥に引っ込んだ。

やがて、主人の善次郎《ぜんじろう》がやって来た。

「これは、青柳さま」

福々しい顔の男だ。仕事を求めに来た客もこういう顔に会えばほっとするかもしれないと思った。

「じゃあ。よろしくお願いします」

そういう声がして、客が引き上げた。

客はいなくなり、剣一郎だけになった。

「青柳さま。また、何か」

善次郎が不安そうな顔をした。

「伝蔵のことだ」

「はい」

「伝蔵の生国は上州だったな」

「はい。高崎でした」

「伝蔵の請人は誰だ？」

「はい。建具《たてぐ》職の頭の松蔵《まつぞう》さんです」

「松蔵と伝蔵はどういう関係なのだ？」

「なんでも、松蔵さんが酔っぱらいに絡まれたところを、伝蔵さんが助けてくれたことがあったそうです。それで、請人になってくれました」

「酔っぱらいに絡まれた？」

「はい。詳しいことは聞いていませんが」

「ここでは、『岩城屋』の奉公人の世話をしているのか」

「はい。主に下男、下女、女中などです」

「確か、『岩城屋』の下男が突然やめたために、伝蔵が『岩城屋』に入ることが出来たそうだな」

「はい。ちょうど、うまい具合に伝蔵さんが来てくれまして、『岩城屋』さんにすぐに下男を斡旋《あっせん》することが出来ました。それなのに、まさか、伝蔵さんがあんな真似をするとは思いもしませんでした」

「『岩城屋』の部屋に忍び入ったということだな」

「はい。請人の松蔵さんもびっくりしていました」

被害がなかったということで、『岩城屋』の浜右衛門は伝蔵の不祥事について、『松葉屋』や請人の松蔵に責任を求めることはなかった。

『岩城屋』をやめさせられたあとも、伝蔵は仕事を求めにやって来たのか」

「いえ、ここには来ません。一度、問題を起こした者になかなか仕事は斡旋出来ません。また何か不始末をしかねませんからね」

「伝蔵のことで、何か記憶していることはないか」

「いえ、ありません。とにかく、口数の少ない男でしたから」

「建具職の松蔵の住まいを教えてもらいたい」

「ちょっとお待ちを」

善次郎は帳場格子に向かい、どこからか分厚い台帳を引っ張りだしてきた。そして、紙をめくっていたが、ようやく手を止めた。

「わかりました。馬喰町《ばくろちょう》二丁目です」

「それから、伝蔵の前に下男として働いていた男が今、どこにいるかわからないか」

「いえ、わかりません」

そこに、中年の女が入って来た。仕事を探しに来たのであろう。

「邪魔をした」

それを潮に、剣一郎は『松葉屋』を辞去した。

外に出て、笠をかぶり、剣一郎は馬喰町二丁目に向かった。

横山町《よこやまちょう》を突っ切り、馬喰町に入った。

建具職の松蔵の住まいはすぐにわかった。戸を開けると、広い板敷きの間に、数人の職人がいて、障子や襖《ふすま》を直していた。

「八丁堀のものだが、頭の松蔵はいるか」

剣一郎は声をかけた。

「へい、あっしが松蔵でございます」

四十半ばと思える鬢《びん》に白いものが見える男が立ち上がってやって来た。

「これは青柳さまで」

「手を止めさせてすまない。ちょっと、伝蔵のことできたいのだ」

「へい」

松蔵の顔が曇った。

「伝蔵さんが、あんな真似をしたなんて、あっしには考えられません」

『岩城屋』に火を付けたことを言っているのだ。

『松葉屋』から、おまえさんが伝蔵の請人になった経緯を簡単に聞いたんだが、もっと詳しく話してもらいたい」

「へい」

松蔵は返事をしてから、職人たちの耳を気にし、声をひそめた。

「あれは正月の藪《やぶ》入《い》りの前後だったでしょうか。鎌倉河岸《かまくらがし》の呑み屋で酒を呑んで、ここに帰って来る途中、酔っぱらいに絡まれましてね。相手にせずに、無視して行き過ぎようとしたんですが、そのことが気に入らなかったのか、酔っぱらいが追いかけて来たんですよ」

松蔵は職人たちに目をやった。ちゃんと仕事をしているか、気になるようだ。

顔を戻してから、松蔵は続けた。

「そうとうしつっこい酔っぱらいでしてね。そのうちに、金を出せば見逃してやると言いだしたんです。ただの酔っぱらいじゃないなと思ったとき、男が出て来ましてね。何をしているんだと、酔っぱらいに向かって強く言ったんです。何をと、酔っぱらいが匕首を抜きました。あっしが固唾《かたず》を呑んで見守っていると、男は酔っぱらいを簡単にやっつけたんです。酔っぱらいはあわてて退散しました。助けてくれた男ってのが伝蔵さんでした」

松蔵はそのときのことを思い出すように目を虚空に向けた。

「それから御礼にと、呑み屋に誘いました。話を聞くと、高崎からひと月前に出て来て、仕事を探しているというのです。話してみれば、悪い人間でもないようです。ちょうど『岩城屋』さんで下男を探しているというので、請人になってやりました」

「『岩城屋』の件はどうして知ったのだ?」

「へえ、伝蔵さんが『松葉屋』で聞いたそうです」

「伝蔵は、最初から下男の仕事でもいいと思っていたのか」

「そういう感じでした」

剣一郎は何かしっくりこない。だが、それが何なのか、すぐには思い浮かばない。

「ひと月ほど前に、伝蔵は『岩城屋』をやめさせられた。そのとき、伝蔵から挨拶があったのか」

「へえ。ご迷惑おかけして申し訳ありませんと、ここにやって来て頭を下げてました」

「そのとき、何か言っていたか。なぜ、そんな真似をしたかなど」

「いえ。一切、そういったことには触れませんでした」

「伝蔵は又吉という男の世話で、松井町のどぶ板長屋に移ったんだが、その間、伝蔵とは会ったのか」

「いえ。ただ、あんな騒ぎを起こす二日前に、ぶらりとうちにやって来ました」

「火付けをする二日前か」

「はい。珍しく、菓子折りを提《さ》げて」

「菓子折りだと？」

「今から思うと、最後の挨拶にやって来たような気がしてなりません」

松蔵はしんみりと言った。

「そうだな。で、そのときの伝蔵の様子はどうだった？　妙に気が高ぶっているとか、いらついているようだったとか」

「いえ。ふだんどおり、物静かでした」

もし、最後の挨拶にやって来たのだとしたら、『岩城屋』に火を付ける決意を固めていたはずだ。恨みからの犯行だとしたら、この時点で、伝蔵はもっと興奮していてもいいような気がするのだが……。

「それから、又吉という男を知っているか」

「いえ、知りません」

「六助という名もきいたことはないか」

「へえ、ございません」

「六助という男は、背が高く、眉尻がつり上がり、引き締まった顔立ちをしている。もし、気がついたら」

松蔵が小首を傾げた。

「どうした？　心当たりでもあるのか」

「へえ」

松蔵はうなずいた。

「そういう特徴の男に会ったことがございます。ただ、偶然かと思いますが」

「どこで会ったのだ？」

「あっしの思い違いだったかもしれません。だから、そのおつもりできいてください」

そう前置きして、松蔵は続けた。

「さっき酔っぱらいに絡まれたとお話ししました。じつは、その絡んできた酔っぱらいが、背が高く、眉尻がつり上がっていたんです」

「間違いないのか」

「へい。ずいぶん特徴のある眉毛をしていたので、よく覚えております」

「もし、その男に会ったら、わかるか」

「へい。わかると思います」

「よし。すまなかった。仕事の邪魔をした」

剣一郎は建具職の松蔵の家を出た。

だいぶ陽が陰っていた。

剣一郎は八丁堀に向かいながら、松蔵の言葉を考えた。

松蔵が酔っぱらいに絡まれたとき、助けてくれたのが伝蔵だった。それが縁で、松蔵が伝蔵の請人になり、『岩城屋』に下男として入ることが出来た。

この一連の流れの中で、松蔵に絡んだ酔っぱらいが六助だとしたら、状況は一変する。

実際の計画は逆の流れを辿ったのではないか。すなわち、伝蔵は『岩城屋』に下男としてもぐり込もうと画策した。そのためには請人が必要だ。そこで、六助と共謀し、松蔵の信頼を勝ち取れるようにひと芝居打った。

いや、さらにいえば、『岩城屋』の下男が急にやめたため、新しい下男が必要だったのだ。このことも怪しい。下男がやめるように仕向けた人間がいるのではないか。

こう考えると、伝蔵は目的があって、『岩城屋』に入り込んだということになる。

いったい、『岩城屋』に何があるのか。

途中、足の向きを変えた。剣一郎は柳原の土手に向かった。

柳森神社にやって来た。そして、神社の裏手にまわる。又吉が殺されていた場所だ。

又吉はなぜ、このような場所にやって来たのか。

柳森神社の傍だということが手掛かりだ。つまり、この神社で、又吉は誰かと待ち合わせをしたのだ。

気になるのは、ここから神田須田町の『岩城屋』が近いということだ。

又吉は『岩城屋』に行った可能性がある。そこで、誰かと会ったのか。そして、誰かにここに誘《おび》き出された。

『岩城屋』に何かある。剣一郎は『岩城屋』を調べなければならないと思った。

五

その夜、剣一郎は屋敷に、京之進を呼んだ。

「ごくろう」

剣一郎は京之進をねぎらう。

「何か、わかったか」

「はい。又吉は『岩城屋』の付近で目撃されています。あの日、又吉は『岩城屋』に行ったものと思われます」

「『岩城屋』ではなんと？」

「否定しています。が、又吉らしき男が『岩城屋』の様子を窺っているのを、向かいにある酒屋の小僧が見ていました」

「又吉は『岩城屋』の何を見に行ったのか。昼間ではないか」

何かを探るとしたら、夜のほうが望ましいと思うのだが、昼間でないとならない理由があったのだろうか。

「そのことは、まだわかりません」

「又吉は誰かと落ち合う予定だったのではないのか。『岩城屋』の人間かもしれない」

「しかし、『岩城屋』には怪しげな奉公人はいないのです」

「うむ。しかし、『岩城屋』には何かある。伝蔵も又吉も『岩城屋』に目をつけていたようだ」

「はい。ただ、『岩城屋』の浜右衛門はなかなか評判のよい男のようで、あそこまで店を大きくしたのはたいしたものだと同業者の間でもやり手で通っています」

「『岩城屋』のことを調べたのか」

「はい」

「そうか。じつは調べてもらおうと思っていたところだ」

さすが、京之進は押さえるべきところは押さえていた。

「『岩城屋』について改めて教えてもらいたい」

「はい。浜右衛門は『岩城屋』で丁稚から、手代、番頭と上り詰め、七年前、先代に認められて娘婿に迎えられたということです。浜右衛門が店を継いでから、商売が繁盛し、店もいっきに大きくなったそうです」

「いったい、どうしてそうなったのだ?」

剣一郎は不思議に思った。

「五年前に、さる大名の御用達《ごようたし》になったのが大きかったようです。そこから、いっきに火が付いて商売が繁盛したということです」

「急激に大きくなった裏で、泣く目に遭《あ》った商家はなかったのか」

「いいえ。競争相手を汚い手を使って追い落とすようなことはしていないそうです。あくまでも、正攻法で伸して行ったようにございます」

「そうか」

「ただ、浜右衛門には外に女がいるようです」

「妾《めかけ》か」

「はい。深川仲町《なかちょう》の芸者だったおつたという女です。おかみさんは半ば諦めているそうです。店を大きくした最大の功労者ですから、主人に何も言えないのでしょう」

京之進は妻女に同情するように言った。

「女はどこに住んでいるのだ?」

「橋場《はしば》のようです」

「その情報は誰からだ?」

「同業者の『大野屋《おおの》』の主人です。『岩城屋』の先代とは親しかったようです。今の浜右衛門になってから、あまり交流はないそうです」

同業者からのほうが耳寄りな情報が入って来る。

「念のために、妾のことを詳しく調べてくれ」

「畏まりました」

「だが、今までの話を聞いた限りでは、伝蔵や又吉が目をつける理由がわからないな」

「はい」

「だが、伝蔵は『岩城屋』に目をつけていたようだ。下男として入り込んだのも、計画的だった」

剣一郎は建具職の松蔵が言った言葉を思い出し、説明した。

「つまり、六助と伝蔵は仲間の可能性がある。又吉もそうだ。この三人は、『岩城屋』で何かを探ろうとし、伝蔵を下男として送り込んだ。だが、室内を物色中に伝蔵は見つかり、『岩城屋』をお払い箱になった。単に金を盗む目的からではなく、他の何かを探していたのかもしれない」

「火を付けたのも、何かを探すためでしょうか」

「そうだと思う。しかし、失敗した。そこで、又吉が動きだした」

伝蔵の失敗は剣一郎のせいだ。もし、剣一郎が現われなければ、伝蔵の思い通りになったはずだ。

いったい、伝蔵は『岩城屋』で何をしていたのか。

「六助の行方はわからないのだな？」

「はい。どぶ板長屋で六助を見かけた住人は多いのですが、誰もどこに住んでいるのか、知りません」

「伝蔵、又吉、六助。この三人は同じ仲間だとみていい。そのうちのふたりが死んで、残るは六助だけだ。六助はひとりで『岩城屋』に立ち向かうかもしれない。しばらく、『岩城屋』周辺にも目を配っていたほうがいい」

「はい」

「それから念のためだ。五年前、『岩城屋』が大名の御用達になった経緯を知りたい。同業者の間から、噂として、当時、どんなことが言われていたか、調べるのだ」

「わかりました」

もし、『岩城屋』に秘密があるとすれば、五年前だ。この年、どうして大名の御用達になれたのか。噂を集めれば、そこから何かが見えてくるかもしれない。

ともかく、伝蔵が『岩城屋』で何をしようとしていたのか。

京之進が帰ったあとも、剣一郎はそのことが頭から離れなかった。


翌日、剣一郎は出かける前に、普請中の離れを見に行った。すでに、職人たちがやって来ている。屋根職人や左官屋も来ていた。

あと、二、三日で完成する。

傍に行くと、職人たちに気を遣わせるので、遠くから眺めるだけだ。

もし、兄上が無事でいて、おりくを嫁にもらったら、父と母は住まいをどうしようとしたのだろうか。

狭いまま、不自由を承知で、母屋に皆で住んだのだろうか。あるいは、剣一郎をどこか養子にやる算段がついていたのか。

今となってはわからない。しかし、いずれにしろ、兄が生きていたら、この場所に立っているのは剣一郎ではなく、兄だったろう。

そして、剣一郎はどこか別の場所で暮らしていたはずだ。

人間の運命などはわからない。伝蔵もそうだ。いや、伝蔵はある目的をもって、『岩城屋』に下男として乗りこんだ。すべて、自分の意志だ。

それが、失敗したのだ。伝蔵は『岩城屋』に何を求めたのか。

すべては『岩城屋』にある。その『岩城屋』を訪れたのは、次の日の昼過ぎだった。

剣一郎は朝、奉行所に出仕し、留守中のことを確認し、それから、宇野清左衛門と会い、これまでの報告をした。

といっても、これといって、報告すべき事柄はなかった。まだ、何もわかっていないといっていい。

だが、それでも、宇野清左衛門は何も不平を言わなかった。剣一郎のことを信頼しているからだ。

ときには、その信頼が重荷になることもある。期待に添えなかったらどうしようかと悩むことはある。

　これまでは一度たりとも期待を裏切ったことはないが、だからといって、今度も期待に添えるという保証はない。

　宇野清左衛門の信頼を得ているということは、それだけの重圧に耐えなければならないということでもあった。

　奉行所を出てから、きょうは剣一郎は着流しに巻羽織という八丁堀独特の姿で、供は連れずにひとりで『岩城屋』を訪れたのだ。

　浜右衛門は外出するまで間があるといい、客間に剣一郎を通した。

「伝蔵と関わりがあった又吉という男が、柳森神社の裏で殺された。知っていよう」

「はい。植村さまからお伺いしました」

　浜右衛門は深刻そうな顔で答える。

「又吉が、この店をじっと見つめていたという者がいるのだが、何か心当たりはあるか」

「いえ。まったくありません。又吉なる者と、私は会ったこともありませんし、どうして、『岩城屋』を見ていたのか、まったくもって不思議にございます。ただ」

　いったん伏せた顔を、再び上げ、

「伝蔵と因縁《いんねん》があったこの店を、目に焼きつけておこうとしたのかもしれないと、今になって思うのですが」

「そうかもしれぬ。それほど伝蔵と親しい間柄ではないと、又吉は言っていたが、処刑場にも来ていた。他人の窺い知れぬ関係だった可能性がある」

「はい。ただ、そんな男が殺されたなど、まったくもって恐ろしいことでございます」

浜右衛門は沈んだ声で言う。

「それにつけても、『岩城屋』にとってはとんだ災難だったな」

「はい。でも、青柳さまのおかげで被害を最小限度に抑えることが出来ました。改めて、お礼を申し上げます」

「いや。それは、そなたの運がよかったからであろう。運といえば、『岩城屋』もそなたが代を継いでから急速に伸びたそうだのう」

剣一郎は話題をそっちに持って行った。

「はい。そのことも、確かに運がよかったのでございます」

「あの大名家の御用達になったというのは、そなただから出来たことであろう」

「恐れ入ります。確かに、運がいいときは何ごともうまく行くもので、そのお屋敷の御留守居役《おるすい》さまの肝入《きもい》りで、他家にも出入り出来るようになりました」

「なるほど。そなたは、天運の持ち主と言えるが、運だけで浮世を渡れるものではない。そなたの才覚であろう。ところで、内儀《ないぎ》どのにお目にかかっておらぬが、お元気か」

剣一郎はさりげなく話題を移す。

「はい。近頃、体調を崩しまして、寝たり起きたりの毎日でして、ひとさまの前にはまだ出ていけるような状態ではありません」

「それは心配だな」

「いえ、お医者も気持ちの問題だから、しばらく静養すればよくなると言うことでした」

「端《はた》から見れば、何不自由のない恵まれた暮らしをしているように思えるが、ひとには悩みがあるものだな」

剣一郎は同情するように言う。

「ですが、それほど深刻なものではありませんので」

京之進の話では、妾がいるという。妻女より気持ちは妾のほうに向いているのだろう。

浜右衛門と語り合ったが、どこにも疑わしい点は見出せなかった。もっとも、わずかな時間でそんなことがわかるはずはないのだが、剣一郎はあえて浜右衛門をためしたのである。

だが、結果は剣一郎の負けということになろう。

「そなたは、丁稚から入り、『岩城屋』一筋で今日までやって来たのだったな」

「はい。早いものでございます。先代には、お目をかけていただきました」

「先代が亡くなってどのくらいだ?」

「旦那さまが亡くなって丸三年。おかみさんが亡くなって丸二年になります」

「そうか。内儀どのにお目にかかりたかったが、また折りを見て出直そう」

そう言い、剣一郎は立ち上がった。

外に出る前に、おさよという娘を探したが、目に入らなかった。

それから、剣一郎は小間物を扱っている同業者の『大野屋』を訪ねた。

いわゆる『岩城屋』とは競争関係にある店だった。だが、『岩城屋』の先代とは仲がよかったという。

今ではすっかり差がついて、こっちは細々と商売をしているという様子だった。店の広さもまったく違う。大店《おおだな》と小商いの店ほどの差だ。

「あの男は、確かに度胸もあり、やり手です。だから、あれほど店を大きく出来たのでしょうが、先代はあの男を嫌っていたんですよ」

競争に敗れた側の話だから割り引いて聞かなければならないが、また逆に、真実を言い当てている場合もある。

「嫌っていた理由はなんなのだ？」

「目的のためなら手段を選ばないという強引さでしょうか。また、奉公人には厳し過ぎ、他人に対して愛情がないというのも気にいらない点のようでした」

「それでも、婿にしたのか」

「先代の娘さんが、あの男に惚《ほ》れていたからです。やむなく、先代も婿にすることにしたんですよ。まあ、あの男にどこまで気持ちがあったかわかりませんがね」

大野屋は口許《くちもと》に冷笑を浮かべた。

「その内儀は病気だそうだが」

「そうでしょう。先代が亡くなり、先代のおかみさんが亡くなったら、もうあの男の天下ですよ。外に女をこしらえているのをみても、あの男には自分のかみさんへの情なんてありませんよ」

大野屋は顔をしかめ、

「先代が生きていたら、きっとあの男を婿にしたことを後悔していると思いますよ」

と、ため息をついた。

「妾がいるのは間違いないのか」

「ええ、深川の仲町の芸者を落籍《ひか》したんですからね」

大野屋が浜右衛門をぼろくそに言うのは嫉妬からかもしれない。だからといって、すべてが誇張されているとは思えない。

「浜右衛門を快く思っていない人間も多いのか」

「多いと思いますよ。外面《そとづら》を飾っていますが、根は冷酷な人間です。下男の伝蔵が火を付けた気持ちがよくわかりますよ。きっと、心ない扱われ方をされたんじゃないですか」

「じゃあ、他にもやめて行った奉公人はいるのか」

「おります。あの男が婿に入ると決まったあと、当時の手代だった伊勢吉《いせきち》さんはやめて行きましたよ」

「やめて行った？」

「あんな男の下で働くのはいやだって、ここに来て泣いていました」

「伊勢吉は、今、どこにいるかわかるか」

「いえ。一時、浅草田原町《たわらまち》で小さな小間物屋をはじめたんです。屋号も名前と同じ『伊勢吉』にして。ですが、一年足らずで、店を畳んでしまいました」

「伊勢吉の行方《ゆくえ》を調べることは出来ないか」

「そういえば、誰かが、どこかで伊勢吉さんを見かけたという話をしていました。確か、客のひとりが話していたんです。すみません。誰だったか、思い出せません」

大野屋は自分の頭を叩いた。

「思い出したら教えて欲しい。自身番の者に連絡をとるように頼んでくれ」

「わかりました。必ず、思い出してみます」

伊勢吉は、浜右衛門の裏を知っているかもしれない。

『岩城屋』は五年ぐらい前に、さる大名家の御用達になったということだが、そんな簡単に入り込めたのだろうか。店を継いだのは七年前。わずか二年で、大名家に食い込んでいる」

剣一郎は不思議に思っていたことを訊ねた。

「いえ。そんな簡単にはいきません。相当な金を使ったんじゃないかと思っています」

「金？」

「ええ。御留守居役《おるすい》か江戸家老などに金をばらまいたんじゃないかって。そうじゃなければ、大名家のほうだってどこの馬の骨ともわからぬ男を相手にしませんよ」

「そんなに金があったのか」

「そこが不思議なんです。『岩城屋』さんにそんな金があったとは思えません。どこかから借金をしてまで賄賂《まいない》攻勢をしかけて御用達の座を狙《ねら》ったんじゃないでしょうか。そういう意味では、大胆なことをする度胸が、あの男にはありました」

「最後に、もうひとつききたい。七兵衛という名に心当たりはあるか」

「七兵衛でございますか。さあ」

大野屋は小首を傾げた。

「伊勢吉と同じように『岩城屋』をやめて行った人間にそういう名の者はいなかったか」

「いえ、私は聞いたことはありません」

「そうか」

もうきくことはないと思い、剣一郎は立ち上がった。

その夜、屋敷に帰ると、門の近くで遊び人ふうの男が立っていた。

剣一郎が門を入ろうとすると、その男が近づいて来た。

「青柳さま」

男は腰を屈《かが》めながら近寄って来た。

「そなたは？」

「へい。あっしは千住宿の『街道屋』の者です。頭の睦五郎に頼まれて、お知らせに上がりました」

「おう、睦五郎の？」

剣一郎は、背の高い四十歳ぐらいの渋い感じの男を思い出した。

「はい。じつは、腕の立つ浪人者が新たに三人、『街道屋』の離れにやって来ました。前からいるふたりと合わせて、五人になります。睦五郎に命じられて、そのことをお知らせに来ました。それから」

男は続けた。

「睦五郎が申しますには、浪人のうちのひとりは長槍《やり》を持っているとのこと。槍の名人だそうで」

「そうか。わざわざ、知らせてくれたのか。睦五郎によろしく伝えてくれ」

「はい。それでは」

遊び人ふうの男は足早に引き上げて行った。

脇田清十朗の一味が待ち構える中、剣之助は千住宿に近づく。このことを、剣之助に知らせねばならない。

剣一郎は屋敷に入った。

「いよいよ、明日か明後日には剣之助も江戸入りだろう」

着替えを手伝っている多恵に言う。

「まことでございますか」

待ちわびていたのであろう、いつも冷静な多恵が珍しく浮き立っているのがわかった。

「すまぬが、至急、文七のところに使いを出してもらいたい。すぐ来てくれと」

「はい」

多恵は部屋を出て行った。

心配するといけないので、浪人たちが千住宿に集結していることは多恵に黙っていた。

半刻（一時間）後に、いつものように庭先に文七がやって来た。

「ごくろうだった」

剣一郎は声をかけてから、文七を近寄らせ、

「頼みがある。明日の夕方には、剣之助は千住宿に差しかかるはず。おそらく、きょうは粕壁《かすかべ》辺りか。明朝、出立《しゅったつ》し、どこで出会うかわからぬが、剣之助に会い、清十朗一味のことを話して欲しい。千住宿の手前で浪人者が襲撃してくるかもしれぬとな」

「承知しました」

「それから、一味には槍使いの名人がいる。十分に気をつけるようにと」

「避けるような算段があるのでしょうか」

「いや。剣之助のことだ。逃げるようなことはしまい。対応は剣之助に任せる」

「わかりました」

「剣之助と志乃以外に、酒田の商人万屋庄五郎とその供の者もいっしょかもしれぬ。行き違いには注意をしてくれ」

「はい。では、明朝早く出発します」

「うむ、頼んだ。それから、文七はそのまま、千住宿にいてくれ。私も夕方には行く」

文七が庭の暗がりに身を消した。

剣一郎は暗い庭に目をやりながら、脇田清十朗への対応を考えた。千住で待ち伏せていた浪人たちを捕まえ、脇田清十朗の名を白状させるか。しかし、やり方を間違えたら、脇田清右衛門の逆恨みを買いかねない。志乃の父親の小野田彦太郎に報復があるかもしれない。

だが、とりあえず、千住宿だ。

剣之助をこのような形で迎えなければならないことに、剣一郎は憤然《ふんぜん》たる思いでいっぱいだった。

第三章　口封じ

一

翌日の昼、旅装に身を包んだ志乃に気を配りながら、剣之助は宇都宮《うつのみや》で日光街道と合流した奥州街道を江戸に向かっていた。

きのうは粕壁宿に泊まり、きょうはいっきに江戸に入るのだ。

酒田の豪商である回船問屋の『万屋』の主人庄五郎といっしょだった。

庄五郎は四十半ば。中肉中背で、目鼻だちの整った渋い顔立ちである。紺《こん》の股引《ももひ》きに着物を尻端折《しりつぱしょ》りし、腰に道中差し。ふたりの供を従え、風格のある歩き方だ。

酒田三十六人衆のひとりである。酒田では長人《おとな》という町人の代表が三十六人選ばれ、町政はこの三十六人衆の自治的運営に任されている。

万屋庄五郎は、その三十六人衆の中でも、人望の厚い男という評判だった。町年寄として町政の中心的役割を果たしている。

剣之助と志乃は、酒田でこの庄五郎に世話になっていたのである。剣之助と志乃が江戸に帰ることを決意し、そのことを告げたとき、庄五郎は寂しそうに言った。

「出来ましたら、剣之助さんにはずっと酒田で暮らしていただきとうございました」

剣之助には庄五郎の好意が胸に響いた。

そして、江戸に帰る準備をしているとき、庄五郎も江戸に行く用事が出来、それならばごいっしょしましょうということになったのだ。

庄五郎の用事とは、『万屋』の得意先の挨拶《あいさつ》廻りであった。

最上川《もがみがわ》の船で酒田を出立し、米沢に出て、やがて、桑折宿から奥州街道に入って江戸に向かった。

「いよいよ、江戸なのですね」

志乃が声を弾《はず》ませて言う。

「ああ、江戸だ。長い旅をしてきたが、もうそれもおしまいだ」

江戸を離れるきっかけとなった脇田清十朗の件も、すでになんのわだかまりもないと脇田家でも言っているという。そのことを父からの手紙で知り、また、志乃の父親も同じことを言って来ており、何の心配もなく江戸に帰れるのだ。

約二年前、江戸を離れた当初、不安と心細さで泣きそうになったことを、剣之助はふと思い出す。

酒田の在方に小野田家の女中およねの実家があった。そこに世話になるつもりで、酒田に向かったのだ。およねの実家は、ふたりを歓迎してくれたが、ふたりの世話をするだけの余裕がないことを知り、剣之助と志乃はそこを出たのだ。

酒田の町に住まいを探しに行ったとき、ひょんなことから庄五郎と知り合い、好意を受けることになったのだ。庄五郎は、剣之助たちに自宅の離れを提供してくれた。

何の代償も求めずに、世話をしてくれるという。そのときの庄五郎の台詞《せりふ》は忘れられない。

「私は商人ですから、自分に利のないことには興味を示しません。剣之助さんには何かがあります。その何かに、賭《か》けたいのです」

それは買いかぶりです、もし、私がただの凡人だったらどうするのですかという問いに、

「そのときは、私にひとを見る目がなかったというだけのことです」

と、爽《さわ》やかに笑った。

酒田で暮らしている間、いろいろなことがあり、いろいろなひととの出会いがあった。

酒田には幕府の米蔵がある。出羽《でわ》国幕府領からとれた城米は最上川を下り、酒田湊《みなと》に運ばれ、そして、西廻り海運によって江戸に運ばれる。

西廻り海運は酒田湊から日本海沿岸を西南に走り、赤間関《あかまがせき》（下関《しものせき》）から瀬戸内海に入り、尾道《おのみち》などを経て兵庫《ひょうご》・大坂に行き、さらに紀伊《きい》半島をまわって下田《しもだ》か浦賀《うらが》を経て江戸まで行く。

酒田湊の賑《にぎ》わいは目を見張るものがあった。酒田湊には帆をかけた千石船が何艘《そう》も停泊していた。湊には小さな船から大きな船までが出入りをし、米蔵がたくさん並んでいた。

大きな建物の回船問屋が建ち並び、お江戸日本橋の川沿いに建つ土蔵よりもはるかに大きく立派に思えた。

酒田で出会ったひとびとの顔が浮かんで来る。

まず、金子《かねこ》樹犀《じゅせい》先生だ。かつては庄内《しょうない》藩の藩校致道館《ちどうかん》の教官だったひとで、そこをやめたあと、酒田で塾を開いていた。剣之助のために、貴重な書物を読ませてくれた。ただ、囲碁《いご》が好きで、剣之助といつも碁を打ちたがった。

それから、酒田奉行所の同心細野《ほその》鶴之助《つるのすけ》、郡《こおり》奉行の子息荻島《おぎしま》信次郎《しんじろう》。酒田ばかりではない。庄内藩のお膝元鶴岡《つるおか》にも行き、そこでもいろいろなひとと出会った。

鶴岡奉行所の同心大谷助三郎《おおやすけさぶろう》、致道館の司書をしている浜岡源吾《はまおかげんご》、司業の住谷荘八《すみやそうはち》郎《ろう》先生など、思い出深いひとの顔が次々と蘇《よみがえ》ってくる。

「どうかなさいましたか」

志乃がきいた。

剣之助ははっとして、

「何が？」

と、きき返す。

「なんだかにやにやしていました」

いたずらを見つけられたように、剣之助は顔に手をやりながら、

「じつは、酒田や鶴岡で出会ったひとたちの顔を思い出していたんだ。皆さん、いいひとたちだった」

「ええ、ほんとうに。あの方たちのおかげで、酒田での暮らしはとても楽しゅうございました。最後の晩、お別れの宴《うたげ》を開いてくれた細野さまは泣いていらっしゃいました」

「そうだったな」

細野鶴之助は自分よりずっと年下の剣之助の手をとって、別れたくないと、涙をぼ

ろぼろ流していた。

「いつか、また酒田に遊びに行こう」

剣之助は別れたばかりのひとたちに、もう会いたくなっていた。

少し離れて歩いていた庄五郎が近寄って来て、

「剣之助さん。このぶんですと、夕方に千住宿を通過いたします。もし、必要なら、越谷宿《こしがや》で早飛脚《はやびきゃく》を出しますが」

と、確かめた。

ゆうべ、粕壁宿で泊まったときも、庄五郎は文を出すことを勧めてくれたのだ。だが、剣之助は遠慮した。

「いきなり帰って、驚かせてやります」

庄五郎は路銀まで持ってくれているのだ。たとえ、僅《わず》かな額といえど、さらなる負担をさせるわけにはいかなかった。

「そうですか」

庄五郎は剣之助の気持ちがわかったのか、それ以上はしいて勧めなかった。

やがて、越谷宿を過ぎ、午後になって、草加宿にやって来た。

その宿場の入口に、見覚えのある男が立っていた。紺の股引きに、着物を尻端折りし、草鞋《わらじ》履きだが、荷物は持っていない。

「文七さん」

剣之助が気がつくと、文七が近寄って来た。

「剣之助さま、志乃さま。お帰りなさいまし」

文七が腰を折って言う。

「どうしたんですか、こんなところまで。出迎えにしては、江戸から遠すぎます」

文七は庄五郎のことを気にした。

「私がお世話になっていた『万屋』さんです」

「そうでございましたか。失礼いたしました。私は青柳剣一郎さまの手の者で、文七と申します」

「文七さんですか。確か、一度酒田にお見えになったことが？」

確かめるように、庄五郎は剣之助にきいた。

「ええ、来てくれました」

剣之助は答える。

「その文七さんがここで剣之助さんをお待ちになっていたということは、何かあったのでしょうか」

庄五郎が不安そうにきいた。

「剣之助さま、志乃さま。じつは脇田清十朗が浪人者を雇い、千住宿の手前で待ち伏せております」

「えっ、脇田清十朗どのが」

剣之助にとっては意外な話だった。すでに、志乃とのことは水に流したというように、父も手紙で言っていたのだ。

「はい。十分にお気をつけください。ひとり、槍を使う浪人がいるそうです」

「剣之助さま」

志乃が怯《おび》えたように剣之助に寄り添った。

「剣之助さん。草加宿で、姿を変えましょうか。あるいは、駕籠《かご》に乗っても」

庄五郎が提案した。

「いえ。私たちは何も悪いことをしていないのです。堂々とこのまま行きます」

逃げたとしても、何の解決にもならない。いつか、脇田清十朗と立ち合わねばならないのだ。

「それでは、私は戻ります」

文七が言った。

「ごくろうさまです。父上に仰《おっしゃ》ってください。私のことは心配なさらぬようにと」

「わかりました」

文七は身を翻《ひるがえ》して、千住宿方面へと戻って行った。

「剣之助さん。以前に仰っていた旗本の伜《せがれ》ですね」

庄五郎が厳しい顔できいた。

「はい。やっぱり、私たちが許せないようです」

「やはり、このまま行きますか」

「はい。行きます」

剣之助は志乃を見て、

「必ず、守る。私の傍を離れないように」

「はい」

志乃は信頼を寄せるように微笑《ほほえ》んだ。

草加宿で、昼食をとり、再び、剣之助たちは出発した。

志乃は口数が少なくなっていた。せっかく、江戸に帰って来たのだという喜びで弾んだ心も、脇田清十朗によって暗くなった。

西新井大師《にしあらいだいし》堂への分岐点を過ぎ、いよいよ千住宿に近づいた。田圃《たんぼ》のかなたに川が流れている。

秋の夕暮れは早く、だいぶ陽は傾いていた。

街道を行くひとの足どりも速い。前方に、千住宿が見えて来たとき、浪人が数人、道端にたむろしているのがわかった。

その中に、天に伸びるように槍を立てて持っている浪人がいた。文七が言っていた浪人に違いない。

「志乃、傍を離れるな」

そう言い、後ろからついて来る庄五郎に、

「万屋さん。私たちに構わず、行ってください」

と、告げた。

「なにを仰いますか。私たちが志乃さまをお守りいたします」

「いえ。これは、私と志乃の問題です。私たちだけで解決しなければならないのです。たとえ、相手が卑怯《ひきょう》にも応援を頼もうが、私たちだけで立ち向かわない限り、相手を諦めさせることは出来ません」

庄五郎は剣之助の目を見ていたが、

「わかりました」

と、引き下がった。

剣之助の目に覚悟を見たのだろう。

庄五郎と供の者は立ち止まった。剣之助と志乃はそのまま歩いて行く。

やがて、浪人がたむろしている場所に近づいた。いっせいに、浪人たちが立ち上がり、おもむろに行く手を塞《ふさ》ぐように横に並んだ。

「青柳剣之助か」

いかつい顔の浪人が静かにきいた。

「いかにも、青柳剣之助だ。あなたたちは？」

「ゆえあって、おぬしの命をもらいうける」

「待ちなさい。ここでは往来のひとの邪魔になる。場所を移しましょう」

剣之助は道端の草むらに分け入った。浪人たちもついて来る。

剣之助はあえて志乃を背後にかばいながら浪人たちと対峙《たいじ》しようとした。志乃を守らねばならぬ。その思いに、剣之助の闘志が湧《わ》いた。

剣之助は立ち止まった。街道から逸《そ》れ、邪魔者が入る恐れはないと思ったのか、浪人たちはにやりと笑った。

「ばかな男だ。自分から進んでこのような場所に来るとはな」

いかつい顔の浪人が嘲《あざけ》るように笑った。

そして、その笑みを引っ込めると、素早く抜刀した。と、同時に、他の浪人もいっせいに剣を抜いた。ただ、槍を持った男だけは、一歩下がって、両者の攻防を眺めている。

剣之助は刀の柄《つか》に手をかけ、鯉口《こいぐち》を切った。

静かに、剣を抜く。そして、剣之助は自然体に立って剣を構えた。

旅先で出会った、剣之助が剣の師と仰いだ老人に教わった剣の構えだ。

相手から斬られぬ剣、相手を斬らぬ剣。風と一体となれば、相手の気を肌で感じる。無意識の動き。相手を殺さぬ剣の修行にひとりで励んでいるのだった。

まだ、その極意を会得したとはいえない。だが、その剣を教わってから、剣之助はどんな相手とも剣を交えることが怖くなくなった。

大柄な浪人が横合いから斬り下ろしてきた。剣之助はそれを剣の鎬《しのぎ》で受け止めた。

相手が強引に力で押して来た。剣之助は無意識のうちに、剣を後ろに倒し、左ひじをぐいと上げて、相手の腕に当てた。そして、すぐさま、柄頭《つかがしら》で、相手の手首を打ちつけた。

悲鳴を上げて後ずさり、浪人は剣を落とした。

「こしゃくな」

横合いから細身の浪人が斬りかかってきた。剣之助は軽くよけた。相手の剣が空気を切る不気味な音を残した。

空振りに、かっとなった浪人は、なおも強引に剣を振り回した。だが、剣之助の身まで届かない。

「このやろう」

強引に、浪人は剣を振り下ろして来た。今度は、その剣を受け、鍔迫《つばぜ》り合《あ》いになった。いや、そのように持ち込んだのだ。そして、剣一郎はさっきと同じように、柄頭で相手の手首を打ちつけた。

悲鳴を上げ、細身の浪人が悲鳴と共に剣を落とした。ふたりが、僅かな時間で、手首の骨を砕《くだ》かれんばかりに打ちつけられたのだ。

他の浪人が戦意を喪失《そうしつ》するのがわかった。ただひとり、槍使いの浪人を除いては……。

「俺が相手だ」

槍を腰の高さに構え、シュッシュッと、槍の穂先を突き出す。長い槍を構える姿は十分に落ちた腰のせいか、美しい。

剣之助は槍の使い手と闘うのははじめてだった。

剣之助は自然体に立ち、青眼《せいがん》に構える。槍の穂先が剣之助の目をとらえている。そして、ときおり、相手が槍を一直線に突き出し、すぐ手元に引き寄せる。何度か槍を突き出し、手元に引く動作を繰り返し、何度目かで、相手は足を踏み込み、剣之助の心の臓を目掛けて槍を突き出して来た。

まるで、蛇《へび》が獲物を襲ったときのように鎌首が剣之助に向かって来た。だが、剣之助は穂先が迫ったとき、微《かす》かに後ろに下がっていた。穂先は剣之助の体に触れない。

相手は、おやっという顔をした。

剣之助は相手の動揺をついて踏み込んで行けば、相手の胴を斬ることが出来たかもしれない。だが、それでは、だめなのだ。相手を殺さぬ剣。それが、剣之助の求めるところなのだ。

相手は、今度は槍の中ほどを持って構え、横から槍先を振り回すように剣之助の胸に迫った。剣之助が軽く剣で弾くと、すかさず槍の柄を持ち直し、今度は反対側の石突きで襲って来た。

さらに、頭上で槍を回転させ、すさまじい勢いで、横から剣之助の頭をめがけて襲った。剣之助は軽く避ける。次に、足元を襲ってきた。

変幻自在に槍を操り、いろいろな攻撃を仕掛けてきた。剣之助にとってはじめての体験だったが、だんだん攻撃の仕組みがわかり、そして長い槍との間合いが摑めてきた。

槍の柄の中ほどを持ち、相手は槍を剣之助の頭上目掛けて振り下ろしてきた。剣之助はその穂先を剣で弾いた。相手はすぐに柄を持ち直し、次の攻撃に入る。その僅かの隙をついて、剣之助は相手の懐に飛び込んだ。

柄を持ち直す僅かな時間のぶんだけ、相手の反応が遅れた。剣之助は槍の柄を摑み、ぐいと引き寄せ、相手の左小手目掛けて剣尖《けんせん》を振った。

相手は槍から左手を離した。すでに、槍は剣之助の手にあった。

「刀を捨てろ」

怒号が聞こえた。

はっとして、志乃を見ると、ふたりの無傷の浪人が志乃をとり押さえ、ひとりが志乃の喉に剣を突きつけていた。

剣之助は、狼狽《ろうばい》した。槍の相手に夢中になり、志乃への注意が疎《おろそ》かになっていたのだ。

「離せ」

剣之助は大声を張り上げた。

「刀を捨てるのだ」

浪人が叫ぶ。

「わかった」

やむを得なかった。剣之助はまず刀を鞘《さや》に納め、それから鞘ごと大小を腰から抜いた。

それを見て、浪人は志乃の喉に突きつけていた剣を外した。

そのときだった。黒い影が流れるのが目の端に入った。と、同時に、志乃をとり押さえていた浪人が悲鳴を上げて倒れた。

深編笠の侍が志乃を助けていた。剣之助はすぐに大小を腰に戻し、もうひとりの浪人に立ち向かった。

だが、たったひとりになった浪人に戦意はなかった。

「帰って脇田どのに伝えよ。話があれば、自ら姿を現わせと」

剣之助が言うと、微かに頷き、浪人は逃げ出した。他の仲間も、よろけながら去って行く。

剣之助は、改めて深編笠の侍の傍に行った。

「父上」

剣之助はそれ以上に言葉にならなかった。

「剣之助。志乃。よく帰って来た」

少し離れた場所から、文七と万屋庄五郎がこっちを見ていた。

江戸に帰ったのだという思いが突き上げて来た。志乃の目にも涙が光った。

二

剣之助の顔を見た瞬間、剣一郎も胸の底から込み上げて来るものがあった。剣之助は想像以上に凜々《りり》しく、そしてたくましくなっていた。

それに、さっきの決闘を見ていたが、なんという若武者振りであったか。

千住宿に駆けつけたとき、ちょうど剣之助が浪人たちとこの原っぱに移動しているところだった。

すぐに出ていかなかったのは、剣之助の成長振りを見てみたいという思いからだった。

それにしても、剣之助の剣はなんなのだ。まるで、剣の極意を悟った老練の剣士のような余裕のある構えだ。

まず、そのことに舌を巻かざるを得なかった。

志乃も美しい女になっていた。まさに、似合いの夫婦だ。

「剣之助。あちらのお方が万屋庄五郎どのか」

剣一郎は威風辺りを払うような雰囲気の男が噂に聞いていた万屋庄五郎であろうことはすぐにわかった。

剣一郎の視線に気づいて、庄五郎が近寄って来た。

「青柳さまでいらっしゃいますか。私は酒田で回船問屋を営んでおります『万屋』の庄五郎と申します」

「青柳剣一郎でござる。剣之助がひとかたならぬ世話になったこと、心より御礼申し上げる」

「何を仰いますか。私のほうがいろいろ助けていただきました」

「いや。剣之助の手紙を読んで、すぐに御礼に参上しなければならぬとは思いながら酒田ではいかんともしがたく、ご挨拶が遅れた。このとおりです」

剣一郎は腰を折った。

「いけませせぬ。そこまで仰られたら、私はどうしてよいかわかりません」

　庄五郎ははにかむように笑った。その仕種《しぐさ》にも、数々の修羅場をくぐり抜けて来た男が醸《かも》しだす温かみがあった。

　いつまでも、ここにいても仕方ないので、ともかく、八丁堀に帰ることにした。途中、行徳河岸《ぎょうとくがし》にある『万屋』の出店に行く庄五郎と別れ、八丁堀の組屋敷に帰って来た。

　多恵は、剣之助をいつもと変わらぬように迎えた。

「お帰りなさい。お疲れになったでしょう。志乃どの、さあ、こちらへ」

　多恵は毅然《きぜん》としているが声が震《ふる》えているのがわかる。武士の妻でなければ、剣之助にしがみついていたかもしれない。

　そして、多恵は志乃に対する心配りを忘れてはいなかった。

「兄上。お帰りなさいませ」

　るいが挨拶に来た。

「おお、るいか。すっかり大人びて。見違えたぞ」

「兄上こそ、ご立派になられて」

　るいはくすりと笑ってから、ちょっと恥ずかしそうに、

「姉上さま。るいにございます。どうかよろしくお願いいたします」

「志乃です。こちらこそ、よろしくお願いいたします」

他人の中にひとりで入って来るのだ。志乃は心細いに違いない。だが、多恵はそんな志乃の気持ちがよくわかるのだろう。二十数年前、多恵も同じだったのだ。

「積もる話もあろうが、疲れただろうから、今夜は早く休むがよい」

剣一郎はふたりに言った。

「いえ、なんだかすぐには眠れそうにもありません」

剣之助が言うと、志乃も頷いた。

「私もでございます」

「よし、剣之助。呑むか」

剣一郎は誘った。

「はい。少しなら、呑めるようになりました」

剣之助はにこりとした。

濡れ縁で、剣一郎は酒膳を中に剣之助と並んで腰を下ろした。志乃は多恵とるいといっしょに別間に行った。

「さあ、剣之助」

剣一郎は銚子《ちょうし》をつまんだ。

「いえ、自分で」

「最初の一杯だけだ」

「はい」

剣之助は盃《さかずき》を差し出した。

縁の下から、いったん鳴き止んだこおろぎがまた鳴き出した。

「剣之助。よく立派になって帰って来た。父はうれしいぞ」

剣一郎はしみじみ言う。

「私も父上の傍に戻ることが出来てうれしゅうございます」

「いつか、わしも酒田に行ってみたい。剣之助を大きくしてくれた酒田を見てみたい」

「はい。ご案内いたします」

「いや。わしが隠居した頃には、そなたはそんな時間はとれまい」

「はあ」

「剣之助。よいか。これから、再び奉行所勤めだ。しっかりご奉公するのだ」

「わかっております」

「明日にでも、宇野さまにご挨拶に行こう」

別間から、女たちの笑い声が聞こえた。多恵の笑い声を聞いて、意外に思った。あのように高い声で笑うこともあるのだと、新鮮な発見をした。

「脇田清十朗のことは、逃げずに立ち向かうのだ。よいな」

「はい。私もそのつもりです」

剣之助が手酌《てじゃく》で酒を注いだ。

「剣之助、呑めるようになったな」

「いえ、いつもはこんなに呑めません。ただ、今夜はお酒がとてもおいしくいただけるのです」

剣之助は明るい声で言う。

「ところで、剣之助。さっき、浪人たちを相手に見せた剣はなんなのだ。わしは正直言って驚いた」

剣一郎は素直に讃《たた》えた。

「旅の雲水《うんすい》から教わった技です」

「雲水？」

「はい。江戸から酒田に向かう途中のことでした。奥州街道と分かれ、七ヶ宿街道こと羽州《うしゅう》街道に入って最初の小坂宿でのことです」

羽州街道は津軽《つがる》藩、秋田《あきた》藩、庄内藩などの大名が参勤交代で利用する街道である。

「そこの宿場で、破《やぶ》れた網代笠《あじろがさ》に汚れた墨衣《すみごろも》の雲水が病気で苦しんでいるのを志乃といっしょに助けてやったのです。相当なお年寄りに見えました。養生《ようじょう》のためのお金を医者に渡して、あとのことを頼んで出発しようとしたとき、その雲水は、礼にといって、病をおして私を宿場外れの野原に連れて行き、不思議な剣技を見せてくれたのです。それが風と一体となることでした」

「風と一体になる？」

「はい。その雲水は私に剣を構えさせ、自分は小枝を構えたのです。私が間合いを詰めて、斬り間に入ったと思ったとき、相手は気がつかないうちに斬り間の外にいました。それから、私が打ち込むと、雲水は小枝で受け止め、その次の瞬間、私の小手が小枝の枝もとで衝《つ》かれ、覚えず剣を落としてしまったのです」

「なんと」

剣一郎は目を見張らざるを得なかった。そのときの光景が目に浮かぶようだった。

「私が、なんという技ですかと訊《たず》ねたところ、相手から斬られぬ剣。そして、相手を斬らぬ剣だと仰いました。風と一体となれば、相手の気を肌で感じる。無意識の動き。殺さぬ剣を修行せよ、と言い残し、去って行ったのです。それ以来、私は、その雲水を師と仰ぎ、風と一体となり、相手を殺さぬ剣の修行にひとりで励んでいたのです」

「その技を身につけたのか」

剣一郎は感嘆した。

「いえ、師に比べれば、まだまだ未熟です」

剣之助は控えめに言ったが、剣一郎の目には、完成の域に達しているように思えた。しかし、剣之助の言葉が事実とすれば、その雲水はどれほどの剣客《けんかく》であることか。

「その雲水はきっと名のあるお方だ。剣之助。その剣こそ、まさに与力にふさわしい剣だ。その技に磨《みが》きをかけよ」

「はい。技を習得すれば、いつか師に再び会えるような気がいたします」

剣之助は目を輝かせた。

ふと辺りが暗くなった。月が叢雲《むらくも》に隠れたのだ。闇になった庭を見つめ、剣一郎はまたしても、脇田清十朗のことを思い出した。

「剣之助」

剣一郎は呼びかけた。

「志乃のためにも、皆を呼んで改めて祝言《しゅうげん》を執《と》り行ないたいと思うが、あまり派手にやることは慎《つつし》みたい」

「わかっております。志乃もそのつもりです」

剣之助は心身ともに成長していた。

再び、月影が射した。剣一郎は珍しく酔っていた。


翌朝、剣之助が帰って来たのを聞きつけ、早くも来客があった。あの声は坂本時次郎だった。

「剣之助か。立派になって」

「時次郎こそ、風格が出てきた」

ふたりの会話が、濡れ縁で髪結いに髭《ひげ》を当たってもらっている剣一郎の耳に届いた。

時次郎が帰ったあと、また誰かが訪ねて来た。しばらく、剣之助と志乃は忙しい時間を過ごさねばならないようだ。

剣一郎は出仕すると、すぐに宇野清左衛門のところに行った。

「宇野さま。ちょっとよろしいでしょうか」

剣一郎は声をかけた。

「おう、青柳どのか。待っておった。さあ、こちらに」

宇野清左衛門は言い、剣一郎が近づくなり、

「剣之助が帰って来たそうだの」

と、先に言った。

「ご存じでいらっしゃいましたか」

「同じ八丁堀でのこと。きのう、すでにわしの耳に入った。すぐに会いに行こうかと思ったが、家族水入らずの邪魔をしても悪いと思い、遠慮したのだ」

屋敷に帰って来たのを誰かが見ていたのだろう。噂はすでにきのうのうちに八丁堀に伝わっていたのかもしれない。

「恐縮にございます。今夜、改めて剣之助を連れ、お屋敷のほうにご挨拶に参上するつもりでおります」

「うむ。待っている。楽しみだ」

宇野清左衛門は我がことのように喜んでくれた。

剣一郎が一礼して引き上げようとしたとき、清左衛門が厳しい顔で言った。

「青柳どの。昨夕、千住宿で、剣之助は浪人者に襲われたそうだの」

「どうして、そのことを？」

剣一郎は目を見張る思いで、清左衛門の顔を見つめた。

「隠密廻りの作田新兵衛《さくたしんべえ》だ」

「新兵衛が？」

新兵衛は何度も剣一郎の手伝いをしている隠密廻り同心だった。

「あの辺りで、かなり大きな賭場が開かれているらしい。新兵衛はそのことを聞きつけ、単独で千住宿にもぐり込んでいたそうだ」

隠密廻りは、秘密裏に聞き込みや証拠集めをする。そのために、あるときは乞食《こじき》になって市中を歩き廻り、あるときは遊び人になって盛《さか》り場を徘徊《はいかい》したり、またあるときは中間《ちゅうげん》になって武家屋敷に住み込むこともある。

「新兵衛がいたことに、まったく気づきませんでした」

「浪人者を雇ったのは脇田清十朗だそうだな」

「はい。正直、困っております」

脇田清十朗に関わるいざこざは、清左衛門も知っている。

「何のわだかまりもないということだったが、いざ剣之助が帰って来ると知ったら、怒りが再燃したというわけか。脇田清十朗め、情けない男だ」

「志乃の父親の小野田どのの立場を考えると、どう対応したらよいものか、思案に余ります。宇野さまに何度も相談しようと思いましたが、これは私と剣之助とで解決すべきことゆえ」

「いや、青柳どの。浪人を雇い、剣之助を襲わせるとは、許しがたいことだ。奉行所としても断固取り締まる。人間の性根は変わらぬということか」

清左衛門は嘆息した。

「宇野さま。もうしばらく、この件は私に任せていただけませぬか。なんとか、よい形で納まるように、解決の糸口を探してみます」

「青柳どのがそう言うのなら任せよう。だが、何かあったら、申し出るのだ。奉行所として、お目付を通して対応する」

「わかりました」

宇野清左衛門の言葉はたのもしく、ありがたかったが、奉行所が乗り出したら、脇田家も立場がなくなるかもしれない。

そこまで、清十朗を追い込まずに、解決出来ないものか。

年番方の部屋から与力部屋に引き上げると、吟味方の橋尾左門がやって来て、

「剣之助が帰って来たそうだの。今夜、会いに行く」

そうひと言告げて、左門は去って行った。

それからも、何人も剣之助のことで声をかけて来た。きのうのうちに、八丁堀中に知れ渡っていたのではないかと思えるほどだった。

ふと坂本時次郎が近寄って来た。

「時次郎か。今朝、来てくれたようだな」

「はい。剣之助がすっかり立派になっていたのでびっくりいたしました」

「それは時次郎とて同じだ。剣之助も驚いていただろうよ」

「そうでしょうか」

時次郎は照れたように頭に手をやった。

「それより、用事はなんだ？」

「あっ、申し訳ありません。長谷川さまがお呼びにございます」

「長谷川さまか……」

急に、気重になった。剣之助のことで、何かちくりと皮肉でも言うつもりなのだろう。

「わかった。ごくろう」

時次郎が引き上げてから、剣一郎はおもむろに立ち上がった。

内与力の部屋に、長谷川四郎兵衛を訪ねた。

まるで、待ち構えたように四郎兵衛は立っていた。

「青柳どの。ご子息の剣之助どのが帰って来たそうだの」

「はい。きのう、帰りました」

「長い間、奉行所を休み、また、のこのこと出仕するおつもりとか」

さっそく厭味《いやみ》を言いだした。

「はい。皆さまのご好意に甘えさせていただいたぶん、仕事を通して恩返しをさせていただく所存であります」

剣一郎は素直に応じる。

「まったく、どうして、南町は青柳どのを特別扱いするのか、さっぱりわからぬ。剣之助どのにも、へんに勘違いせぬようにとくと注意なさるように」

「勘違い、とは？」

「自分ひとりのために奉行所があると錯覚せぬようにということだ」

長谷川四郎兵衛は剣一郎に対して、あてこすって言っているのだ。あえて、反論せずにいた。

「で、いつから出仕なさるおつもりか」

「宇野さまと相談し、なるたけ早い時期に出仕出来るようにしたいと思っております」

出来たら、脇田清十朗とのいさかいを解決させてからにしたいが、その見通しがまだ立っていない。

「さようか」

四郎兵衛は冷たい表情で言い、

「ところで、青柳どのは、『岩城屋』に何か含むところでもおありか」

と、いきなり話題を変えた。

「どういうことでございましょうか」

「とぼけられんでもいい。『岩城屋』のことをいろいろ調べているご様子。いったい、それはどんなわけがあってのことか」

「どうして、そのようなことを？」

「そんなことはどうでもよい。質問に答えていただこう」

四郎兵衛は怒ったように言う。

なるほど、『岩城屋』の浜右衛門が長谷川四郎兵衛に付け届けを持って訪れたのに違いない。いや、剣一郎を牽制《けんせい》するために、浜右衛門はやって来たのだろう。

「伝蔵の火付け事件、それに続く、又吉なる者の殺しについて探索しております。そのうえで『岩城屋』のことに話が及んだものであり、他意はありません」

「ならばよいが、『岩城屋』の浜右衛門はよく奉行所にも協力をしてくれている。そのことを忘れないよう」

奉行所に協力をしているというのは付け届けをよくしているという意味だ。付け届けをしているからといって、矛先《ほこさき》が鈍《にぶ》ることはない。よほど、そう言おうとしたが、よけいな反目が生じてもまずいと思い、何も言い返さなかった。

やっと、長谷川四郎兵衛に解放されて、与力部屋に戻ると、また時次郎がやって来て、

「同心の植村京之進どのが青柳さまを探していました」

と、告げた。

剣一郎は玄関脇の出入り口から庭に出て、表門の横手にある同心詰所に行った。

戸口に立ち、

「植村京之進はおるか」

と、剣一郎は声をかけた。

すると、奥から京之進が立ち上がってやって来た。

「青柳さま。わざわざ、恐縮にございます」

「いや。それより、何かあったか」

「はい。六助のことで」

「よし」

剣一郎は同心詰所の中に入り、京之進の話を聞いた。

「六助は、北森下町《きたもりしたちょう》の裏長屋に住んでおりました。ところが、又吉が殺された日から長屋に帰っていません」

「なに、帰っていない？」

「はい。長屋の者の話だと、又吉が殺された次の日、六助を探して、やくざ者が押しかけたことがあったそうです」

「やくざ者か」

「出入りをしている賭場の者から話を聞きましたが、六助が賭場で問題を起こしたということはないようです。六助を探しているやくざ者は、賭場の関係者ではありません」

「又吉を殺した者たちか」

「はい。その可能性は強いと思います。六助は、このやくざ者から逃れるために姿を消したのではないでしょうか。いまだに行方は摑めません」

「問題は、そのことが伝蔵のことと結びつくかだな。つまり、『岩城屋』とつながっているかどうか」

「そのことなのです」

と、京之進はさらに続けた。

「浜右衛門の妾のおつたにはやくざの兄貴がいるのです」

「やくざの兄貴？」

「はい。徳太郎《とくたろう》といいます。六助を探しにやって来たやくざ者の特徴が、どうも徳太郎に似ているのです」

「なんだと」

「はい。徳太郎は深川仲町の地廻りの助五郎《すけごろう》という親分のところに出入りをしている男です。他のやくざ者からも恐れられている凶暴な男です」

「徳太郎と浜右衛門は妾のおつたを通じて手を結んでいる可能性もあるな」

「はい」

「京之進、よくやった。又吉殺しは、徳太郎かもしれない。徳太郎から目を離すな。それから、六助だ。六助を見つけるのだ」

「はい」

剣一郎の危惧《きぐ》は、すでに六助が徳太郎によって始末されてしまってはいないかということだった。

もっとも、又吉殺しが徳太郎の犯行ではないかと疑ったのも、『岩城屋』の浜右衛門への疑惑を前提としている。

浜右衛門に何もなければ、徳太郎の疑惑もたちまち消えてしまう。

『岩城屋』に秘密があるとすれば、やはり、五年前の大名家の御用達になった時のことであろう。『大野屋』の主人は相当な金を使ってお屋敷に取り入ったのではないかと言っていた。

だとすると、その金はどこから手に入れたのか。そこに、何か秘密が隠されているようだ。

やはり、『岩城屋』の手代だった伊勢吉に会ってみたい。伊勢吉なら何かを知っているかもしれない。

「京之進。もうひとつ頼みがある」

「なんなりと」

「浜右衛門が『岩城屋』の跡を継いだとき、店をやめて行った手代の伊勢吉という男がいるらしい。こうなると、どうしても、その男から事情をきいてみたい。伊勢吉を探し出してくれ。一時、田原町で小間物屋をはじめたが、うまくいかず、店を畳んでしまったそうだ」

「わかりました。探してみます」

剣一郎は京之進と別れ、与力部屋に戻った。

風烈廻り同心の礒島源太郎と只野平四郎が近づいて来て、

「これから、見廻りに行って来ます」

と、声をかけた。

「ごくろう」

「青柳さま」

礒島源太郎が口調を改めた。

「剣之助どのがお戻りとか。お喜び申し上げます」

「うむ。やっと帰って来た」

「近々、ご挨拶に参上したいと思います」

只野平四郎が言う。

「気を使わんでもよいが、暇なときに顔を出してくれ。剣之助も喜ぼう」

「はい。では、行って参ります」

ふたりは町の見廻りに出かけた。

剣一郎は指先に棘《とげ》が刺さっているほどに、さっきから何かが気になっていた。その正体がわからず、そのままにしていたが、今、ふいに思いついた。

さっき、長谷川四郎兵衛に呼ばれたのは、『岩城屋』の浜右衛門が剣一郎のことを四郎兵衛に訴えたのだ。

つまり、浜右衛門は剣一郎が動いていることを知っているということだ。まだ、それほど深く調べ上げているわけではないのに、浜右衛門はずいぶん用心深い。

そう思ったとき、剣一郎はあっと叫んだ。

三

翌日の昼前、京之進から知らせを受けた剣一郎は着流しに深編笠をかぶって浅草駒《こま》形町《がたちょう》に急いだ。きょうは朝からどんよりとした空だった。

剣一郎は、浜右衛門がずいぶん用心深く、常に先回りをしているような印象を持った。そのことで、あることを思い出し、臍《ほぞ》をかむ思いだった。

それは、浜右衛門にいくつか話したことだ。伝蔵が七兵衛と口にしたこと、伝蔵が又吉という男を頼ったことなどだけだが、浜右衛門はそこから何かを感じ取ったのかもしれない。それで、早めに手を打ったのだ。

駒形堂の裏手に行くと、すでに京之進が来ていた。

「青柳さま。残念です」

京之進が無念そうに言った。

「伊勢吉に間違いないのか」

「はい。さっき、『大野屋』の主人にも確認してもらいました。伊勢吉に間違いありません」

少し離れた場所に、『大野屋』が怯えたように立っていた。

剣一郎は危惧が当たったことに愕然《がくぜん》としなければならなかった。

伊勢吉の行方を探しに、田原町にやって来たときに、死体発見の騒ぎに出くわしたのだと、京之進は言った。

「亡骸《なきがら》を見せてくれ」

「どうぞ」

剣一郎が死体の前に立つと、岡っ引きが筵《むしろ》をめくった。

青白い顔が現われた。薄目を開け、半開きの口から歯が覗いている。しゃがんで、傷口を見る。

心の臓に黒い傷跡があった。凶器は匕首《あいくち》だ。

「又吉をやった奴と同じか」

剣一郎は立ち上がって言う。

「間違いありません。同じ下手人です」

脳裏に徳太郎の顔が掠《かす》めたのか、京之進は悔しそうに顔を歪《ゆが》め、

「ゆうべ、徳太郎を見失ってしまいました」

と、吐き捨てた。

「まだ、徳太郎の仕業だと決まったわけではない」

剣一郎は辺りを見回した。駒形堂の裏手は、大川のすぐ傍だ。伊勢吉はここまで誘《おび》き出されたのだろうか。だとすれば、どうして、のこのこここまでやって来たのか。

剣一郎は大野屋の傍に行った。

「いきなり、岡っ引きがやって来て、ひと殺しがあった、身元を確認してくれと言われ、驚きました」

「ごくろうだった」

剣一郎は大野屋をねぎらってから、

「私が、そなたのところに話をききに行ったあと、浜右衛門がやって来たのではないか」

「へえ」

大野屋は俯《うつむ》いた。

「来ました。浜右衛門の代になってから、あまり付き合いはなかったのにふいに現われびっくりしました。青痣与力がいろいろきいてきたと思うが、どんなことを話したのか教えてもらえないかと」

「それで、どこまで話したのだ?」

「いえ、あまり話しません。ただ、青柳さまが気になさっていたので、伊勢吉は今、どこにいるのかときいたんです」

「伊勢吉のことを口にしたのか」

「はい。どこにいるか知らないと、浜右衛門は言っていました。まったく、音沙汰《おとさた》はないと。あの顔つきは嘘をついているようには思えませんでした」

「浜右衛門は伊勢吉の居所を知らなかったのか」

「はい。それは間違いないと思います。それなのに、こんな形で居所が知れるなんて、運命ってわからないものです」

嘘をついてまで、大野屋が浜右衛門に有利な証言をするとは思えない。浜右衛門が伊勢吉の居所を知らなかったというのはほんとうだろう。

だとすれば、浜右衛門が徳太郎を使って伊勢吉を殺したという推測は成り立たないことになる。

剣一郎は大野屋の前を離れた。すぐに京之進が近づいて来た。

「青柳さま。この者が昨夜、伊勢吉らしき男が駒形堂に向かうのを見ていたそうです」

そう言い、京之進は後ろに控えていた年寄りを引き合わせた。

「もう一度、今の話を申し上げるのだ」

「へい」

京之進に促《うなが》され、年寄りは剣一郎に顔を向けた。

「あっしはきのうは夜四つ（午後十時）にここにお参りに来ました。そしたら、三十歳ぐらいの男がやって来て、お参りをしてからすぐに裏手に行きました。そのまま、あっしは境内《けいだい》を出ましたが、そんとき、別の男とすれ違いました」

「どんな男だ?」

「それが手拭《てぬぐ》いで頬冠《ほおかむ》りをしていたので、顔はわかりません。遊び人ふうでした」

「体つきは?」

「がっしりしてました。すたすた歩いて、鳥居を潜《くぐ》るのかと思ったら、塀沿いに大川のほうに向かったのです」

「境内を突っ切らずにか」

「はい」

その男は徳太郎だろうか。すると徳太郎と伊勢吉は待ち合わせていたことになる。

だが、ふたりの関係がわからない。

浜右衛門が介在しなければ、徳太郎と伊勢吉には接点がないように思える。それとも、手拭いで頬冠りをした男は徳太郎ではなかったのか。

「その他、何か気になったことはあるか」

「いえ。それだけです」

「そうか。すまなかった」

年寄りの前から離れ、剣一郎は言った。

「大野屋の話では、『岩城屋』の浜右衛門は伊勢吉の居所を知らなかったようだ。すると、浜右衛門が伊勢吉を誘き出して殺すということはあり得ないことになる」

「しかし、下手人は同じです。又吉殺しも伊勢吉殺しも」

うむ、と剣一郎は思案したが、ふと、

「そうか」

と、剣一郎はあることに気づいた。

「なにも、浜右衛門が伊勢吉の居所を知っている必要はない。伊勢吉のほうから、浜右衛門の前に現われたのかもしれない」

「伊勢吉のほうからですか」

「そうだ。つまり、浜右衛門に何かの用があり、伊勢吉のほうから接触を図ったのだ。まさか、殺されるとは想像もしていなかったに違いない」

「まさか、伊勢吉は浜右衛門の弱みを握っていて……」

「そうだ。伊勢吉は浜右衛門を強請《ゆす》ろうとしたのかもしれない。伊勢吉の周辺にいた者を探すのだ。何か、漏らしていたかもしれぬ」

強請りかどうかはともかくとして、伊勢吉のほうから浜右衛門に近づいたと考えるべきかもしれない。

あとを京之進に任せ、剣一郎は足を花川戸のほうに向けた。

花川戸から浅草山之宿《やまのじゅくちょう》町、今戸町《いまどまち》と大川沿いの町を過ぎて、橋場にやって来た。向島に渡る渡船場に出て来た。この近くに、浜右衛門の妾が住んでいる。

なぜ、落ち合う場所が駒形堂だったのか。神田須田町にある『岩城屋』からでは遠いが、ここからでも駒形堂はそれほど近いというわけでもない。

駒形堂にしたのは、伊勢吉にとって便のよい場所だったからかもしれない。だとすると、伊勢吉が住んでいたのは、駒形堂からそれほど離れていない所だ。

西は上野山下《うえのやました》から東は橋を渡った本所界隈《ほんじょかいわい》。北はここ橋場から南は蔵前。ただし、蔵前は須田町に近いから省《はぶ》ける。蔵前のほうに住んでいれば、駒形堂を待ち合わせ場所に指定しないだろう。

また、橋場だったら、落ち合う場所はたくさんある。待乳山聖天《まっちやましょうでん》、袖擦《そです》り稲荷《いなり》、真崎《まさき》稲荷などある。下谷のほうとて、同じだ。

そう考えると、伊勢吉は吾妻《あずま》橋を渡ってやって来たのではないか。

あくまでも勘《かん》でしかないが、伊勢吉が住んでいたのは本所界隈だと見当をつけた。

剣一郎は吾妻橋を渡った。この頃より、雨雲が張り出していた。

大名の下屋敷が多い。剣一郎は源森川《げんもりがわ》沿いを行く。中之郷瓦町《なかのごうかわらまち》である。対岸に広大な水戸《みと》家下屋敷の塀が続いている。

　上半身裸の瓦焼き職人が瓦を運んでいた。川沿いでは瓦を焼いている。

　剣一郎はあてもなく歩き、業平《なりひら》橋に出る。もし、伊勢吉がこの界隈に住んでいたなら、周囲の人間がやがて帰って来ない伊勢吉に気づくはずだ。

　剣一郎は法恩寺《ほうおんじ》のほうをまわって、北割下水《きたわりげすい》の侍屋敷から北本所、南本所の町中を抜けて、土手に出た。

『岩城屋』をやめ、浅草田原町で小間物屋をはじめたがうまくいかなかった。傷心の伊勢吉が生きていくのはこの界隈がふさわしいと思った。

　京之進に命じ、この界隈の聞き込みをすれば、どこかに伊勢吉の生きて来た証《あかし》があるように思えた。

　とうとう雨が降りだした。まだ、小雨だが、大川が灰色に沈んでいる。

　吾妻橋を渡る。他の通行人は橋を渡り切っていて、橋の真中辺りに差しかかったとき、周囲にはひとは誰もいなかった。

　浅草側から誰かが歩いて来た。蓑《みの》を着て、網代笠をかぶった侍だ。茶の袴《はかま》を穿《は》いている。背中を丸めて、雨の中を急いでいる。

　速い足の動きだ。蓑の侍は下を向いて、剣一郎の足が向かう先、一直線上をまるで走るようにやって来る。

相手との距離が五間（約九・一メートル）に迫った。このままではかち合う。剣一郎は歩きながら鯉口を切った。凄《すさ》まじい殺気だ。

目の前に迫ったとき、いきなり相手が抜刀し跳躍した。剣一郎は腰を落とし、剣を抜いた。上から凄まじい勢いで斬り下ろされた剣を、剣一郎は頭上で受け止める。

相手は力を入れる。剣一郎は渾身《こんしん》の力で押し返す。

さっと後ろに飛び退《の》いた相手はいきなり剣一郎の横をすり抜け、本所方面に駆けだして行った。

四

その日、剣之助と志乃は朝から、小野田彦太郎の屋敷を訪れていた。志乃の実家である。久しぶりに両親に再会した志乃は、それまで気丈に振る舞ってきた反動のように、母親のりくにしがみついて泣きじゃくった。

だが、それも一時だけで、志乃はすぐにしゃんとした。

酒田での暮らし振りに、岳父《がくふ》の彦太郎は大いに感心し、世話になったひとびとに感謝をしなければならぬぞと、目を潤《うる》ませていた。

　剣之助は志乃の両親に正式に志乃を嫁にもらいたいと申し出たことはなかった。半ば、志乃を奪うという形で、酒田に向かったのである。

　あのまま、脇田清十朗の嫁になっていたら、志乃は不幸になっていたはず。そのことを知っているだけに、ふたりとも剣之助にはやさしかった。

「剣之助どのにお会いして、私は安堵した。これほどの若者は他におらぬ」

　彦太郎は上機嫌だった。りくもまた、

「ほんに凜々しく、たのもしい。志乃も仕合わせ者です」

　ふたりが本心から喜んでくれているので、剣之助もほっとした。なにしろ、ひとり娘を強奪し、江戸から連れ去るという暴挙をやってのけたのだ。たとえ、そこに理由があるとはいえ、世間的には非常識な振る舞いには違いないのだ。

　昼食をとり、しばらくしてから、辞去する時間になった。

「もう、そのような時間か。時の経つのは早いものだ」

　彦太郎が嘆息した。

「志乃。青柳のご両親に可愛《かわい》がってもらえるように頑張るのですよ」

　りくが志乃にやさしく言う。

「はい。母上」

「また、遊びに参ります」

剣之助はふたりに言う。

「ありがとう。お父上、お母上によろしく」

りくが微笑んだ。

玄関を出るとき、雨が降っていた。

「とうとう降りだしたな」

彦太郎は外に目をやって言う。

「駕籠《かご》を呼ばなくて、だいじょうぶ？」

りくが心配顔で言う。

「だいじょうぶですわ。もし、もっと降るようでしたら、途中で駕籠を拾います」

志乃が母親に言う。

「剣之助どの。志乃を頼みました」

りくが哀願《あいがん》するように言う。

「命に代えましても、志乃を守ります」

剣之助の言葉に、りくも彦太郎も安心したように笑みを浮かべた。

「それでは、義父《ちち》上、義母《はは》上、お暇《いとま》いたします」

「きょうは楽しかったぞ」

彦太郎が満足げに言った。

「では、これで」

剣之助と志乃は借りた傘を差し、雨の中に出た。

門の傍に、女中のおよねが待っていた。

「およね。いろいろありがとう」

志乃がおよねに声をかけると、およねは涙ぐみ、声にならなかった。およねは子どもの頃から志乃の傍におり、志乃もおよねを姉のように慕《した》っていた。

剣之助と志乃が酒田に向かったのも、およねの実家が酒田にあるからだった。

「およねさん。いつでも志乃のところに遊びに来てください」

剣之助は気さくに声をかけた。

「ありがとう存じます」

およねはやっと声を出した。

剣之助と志乃は門を出た。

「父も母も、とても喜んでくれました。安堵いたしました」

「私もだ。大事なひとり娘の志乃を奪ったのに、あのように温かい言葉をいただいて、身内が震える思いだった」

彦太郎は、場合によっては役職を辞し、隠居をする覚悟が出来ていると言った。それは、脇田清十朗とのことを頭に置いて言っているのであり、剣之助と志乃が仕合わせになるためなら、この家のことはどうでもよいとまで言ってくれたのだ。

幸い、雨は本降りにはならず、降ったり止んだりしていたので、道もぬかるむことはまだなかった。

本郷通りから湯島聖堂《ゆしませいどう》の裏手を通る。

この中に昌平坂学問所がある。

「鶴岡の致道館を思い出すな」

剣之助は懐かしく目を細めた。

庄内藩には致道館という藩校があり、徂徠《そらい》学を教えているという。昌平坂学問所で教えているのは朱子《しゅし》学である。

致道館に入学出来るのは、上級武士の子弟に限られ、一般庶民は入れなかった。昌平坂学問所は幕臣・諸藩士のほかに庶民も聴講を許されている。といっても、身分や学力によって三種類の講義に分かれていた。

「住谷先生や浜岡どのはお元気だろうか」

致道館の司業の住谷荘八郎と司書の浜岡源吾のことだ。

今年の二月、庄内藩の武士が江戸の向島で遊女と情死するという事件があった。その武士は昌平坂学問所の教官である儒学者《じゅがくしゃ》の家塾に熱心に通って朱子学を学んでいた。そんな人物が遊女との色恋に溺《おぼ》れ、情死に走るのは不可解だということから、江戸の父剣一郎と鶴岡の剣之助の連携でその裏に隠された陰謀を暴いたことがあった。

「皆さん、ほんとうに懐かしゅうございますね」

志乃も鶴岡に行ったことを思い出したのか声を詰まらせた。

「おや。また、降って来たな」

「あら、ほんとう」

いったん閉じた傘をまた広げた。

昌平坂を下った頃から、背後に気になるひとの気配を感じていたが、昌平橋を渡ったところで、前方にも不審なひと影が現われた。

「志乃。私の傍から離れるな」

剣之助は眉根《まゆね》を寄せて言う。

夕暮れには早いが、雨のせいか辺りは薄暗い。ゆっくりと背の高い武士が前に出て来た。酷薄そうな目をした脇田清十朗だった。

「志乃どの。いや、我が女房どの。お久しぶりですな」

いやらしい目つきで、志乃を見つめる。

「脇田どの。何か心得違いをなさっておりますが、志乃はこの青柳剣之助の妻であり、あなたさまとは関係ありませぬ」

剣之助はきっぱりと言う。

「ふざけるな。志乃は俺の女房になることが決まっていたのだ。それを、かっさらったのがおぬしだ。盗人猛々《ぬすっとたけだけ》しいとはおぬしのこと」

「脇田どの。あなたは本心で、そう思っておられるのですか」

「なに?」

「ことの善悪もわからないお方ではないはず。お怒りになる気持ちはわかります。あなたを傷つけたことはお詫《わ》びいたします。なれど」

「うるさい」

清十朗は怒鳴った。

「脇田さま。お見苦しゅうございます」

志乃が口を出した。

「なにを」

予想外の志乃の激しい口調に、清十朗は狼狽した。

「私はあなたさまの妻となると決めたことはございません。あなたのお父上が配下である私の父に強引に押しつけた縁談」

「志乃どの。何を仰るか。私とそなたはともに相思相愛の仲だったではありませぬか」

「脇田さま。恥ずかしゅうはないのですか。武士ともあろうものが、ひとりの女のことで、そのような嘘まで並べて」

「なにを」

清十朗の顔が引きつった。

「聞けば、あなたさまも妻《めと》を娶られたとか。そのようなことでは、ご妻女どのがお嘆《なげ》きになりましょう」

「うるさい。斬れ、斬ってしまえ」

清十朗の取り巻きの連中が一斉に抜刀した。

「先日、千住宿で襲って来た浪人も、脇田どのが遣わしたのですね」

剣之助は鯉口を切り、刀の柄に手をかけた。

「脇田どの。このようなことをいつまでも繰り返していても埒《らち》が明きませぬ。どうせなら、一対一で対決しませぬか。あなたさまも一廉《ひとかど》の剣客」

刀の柄に手をかけたまま、剣之助は言う。

「ここはひとの往来があります」

商家の内儀らしい女が悲鳴を上げて立ち止まった。

「よし。わかった。改めて場所と日時を知らせる。引き上げだ」

清十朗が叫ぶように言うと、取り巻きの連中も刀を鞘に納め、さっと引き上げた。

「剣之助さま」

志乃が近寄った。

「いつか、はっきり決着をつけねばなるまい。私も志乃のお父上の覚悟を聞いて、腹を決めた。今までは、志乃を奪ったことに、少しだけ負い目があった。だが、今は、もう、だいじょうぶだ」

剣之助は覚悟のほどを示した。

「はい。私も闘います」

「いや。さっきの志乃の台詞。たいした迫力だった。脇田どのもたじたじとなっていた」

「お恥ずかしゅうございます」

志乃は頬を赤らめ俯いた。

「さあ、行こう」

そこに、須田町のほうから走って来るひと影があった。剣之助は裾を翻し、先頭を走って来る侍が誰だか気づいた。

「京之進どのだ」

有能な定町廻り同心であることは、剣之助も知っている。

やがて、同心の植村京之進が駆け寄って来た。

「これは、剣之助どのではありませぬか」

京之進はあわてたように言い、志乃にも軽く頭を下げた。

「京之進どのはずいぶんお急ぎのようですが」

「さっき、お侍が決闘をしているという知らせがあり、駆けつけたのです。ひょっとして、剣之助どのが……」

「ええ。ちょっと、通りがかった侍の一行に絡まれました。でも、ことなく済みました」

「そうでしたか」

「京之進どの。妻の志乃にございます。志乃。定町廻り同心の植村京之進どのだ」

剣之助はふたりを引き合わせた。

京之進は志乃にていねいに挨拶をしてから、

「それでは、後日、改めてご挨拶にお伺いいたします」

と剣之助に言い、その場から去って行った。

いつの間にか、雨は止んでおり、少し西の空は明るくなっていた。

五

二日後の朝、剣一郎の屋敷に文七がやって来た。

「文七、ごくろう」

剣一郎は濡れ縁に出て、庭先に立っている文七に声をかけた。ゆうべ、顔を出すように連絡しておいたのである。

「頼みがある」

「なんなりと」

「上州高崎に行ってもらいたい」

「畏《かしこ》まりました。確か伝蔵と又吉の出身が高崎……」

文七は頭の回転も早い。

「そのとおりだ。あるいは六助も高崎の人間かもしれぬ。この三人について、調べて来て欲しい。『岩城屋』が大名の御用達になった件も気になる。そのことに絡んで、高崎で何かあったのではないか」

「わかりました」

「これは路銀だ」

剣一郎が懐《ふところ》から懐紙に包んだ金子《きんす》を差し出したのを、文七は遠慮した。

「奥さまからいただいておりますので」

「文七。遠慮は無用だ。軍資金は多くて困ることはない。持って行け」

「はっ。ありがとうございます。では、遠慮なく」

文七は路銀を押しいただいた。

文七が去ったあと、入れ代わるように、京之進からの使いが来た。

「伊勢吉の住まいがわかりました。本所中之郷八軒町です」

「ごくろう」

使いが引き上げてから、剣一郎はすぐに外出の支度《したく》をした。

剣之助が出て来た。

「何かお手伝いすることはございますか」

「いや、いい。そのときは、改めて頼むことにする。そなたは、まだ何かと忙しかろう」

きのう、剣之助は酒田からいっしょにやって来た万屋庄五郎のもとを志乃とふたりで訪れている。

「わかりました。では、お気をつけて」

剣之助に見送られて、剣一郎は本所に急いだ。

京之進は本所界隈を聞き込みしていて、二日前から姿を消している男がいるという話を聞きつけ、その男が伊勢吉だとわかったのである。剣一郎が思ったとおりに、伊勢吉は本所に住んでいたのだ。

中之郷八軒町に辿り着くと、すでに京之進が来ていた。

長屋木戸の前に岡っ引きがいて、剣一郎を中に案内した。井戸端で、京之進が長屋の住人から話を聞いているところだった。

「青柳さま。伊勢吉はこの長屋に住んでいました」

京之進は言ってから、長屋の女房たちに向かって、

「ここでの暮らしぶりを、もう一度話してくれ」

と、頼んだ。

すると、色の浅黒い小肥《こぶと》りの女が口を開いた。

「伊勢吉さんは、ずっとひとり暮らしでした。業平橋の船宿で下働きをしていましたよ。でも、稼いだ金は全部、お酒に使っていました。あんまし呑んじゃ体に毒だよって、会うたびに注意をするのですけど、どうせ長生きしたっていいことないんだからって、いつもそう言ってました」

田原町で商売に失敗したあと、伊勢吉はここに移って来たようだ。

「大川の向こうにはほとんど行っていないようです」

京之進が付け加えた。

「伊勢吉が以前に、どんな仕事をしていたか、聞いたことはあるか」

剣一郎は女たちにきいた。

「どっかの商家の手代をやっていたとは聞きましたけど、どのお店かは話しませんでしたよ。そのあと、田原町で商いに手を出したけど失敗したって」

痩《や》せた女が答えた。

「最近、伊勢吉の様子に変わったことはなかったか」

「それなんですよ」

再び、小肥りの女が口を開いた。

「また、そろそろ大きなことをしたくなったって言ってました。大金を手に入れたら、また商いをはじめるって珍しく大口を叩《たた》いていましたよ」

「いつ頃だ、そんなことを言い出したのは？」

京之進がきいた。

「最近ですよ。そうそう、あの男のひとが訪ねて来てからですよ」

「あの男？」

剣一郎も女の返答を待った。

「眉尻がぐっとつり上がった男ですよ」

「六助か」

覚えず、剣一郎は叫んだ。

それから、業平橋にある船宿に行き、女将《おかみ》から伊勢吉のことを聞き出した。だが、これといった手掛かりは得られなかった。

ただ、六助らしき男がここにも伊勢吉を訪ねて現われていた。

帰り、剣一郎は京之進といっしょに吾妻橋に向かった。

「六助がそそのかして、伊勢吉を『岩城屋』のところに行かせたのではないでしょうか。大金を手にいれると言っていたのは、浜右衛門を恐喝するつもりだったのではありませんか」

京之進が意見を述べる。

「そうだ。それに間違いないだろう。恐喝のねたは六助しか知らなかったのだ。伊勢吉が知っていたら、もっと早い時期に金を威《おど》しとろうとしたはずだ」

剣一郎は答える。

「でも、なぜ、六助は伊勢吉を使ったんでしょうか。身の危険があったから、伊勢吉に委《ゆだ》ねたのでしょうか」

「それもあるだろう。だが、それだけではないような気がする。伊勢吉のほうが効果があると思ったのではないか」

つまり、恐喝のねたは伊勢吉が『岩城屋』の手代だった頃に起こった何かではないか。剣一郎はそう思った。

「浜右衛門が大名家の御用達になったことに関係しているようですね」

京之進が言う。

「大野屋も言っていた。御用達になるのに相当な金を使ったのではないかと。浜右衛門にどうしてそんな金があったのか」

土手に上がった。

大川の真中に渡し船が差しかかっていた。

「徳太郎のほうはどうだ？」

浜右衛門の妾の兄貴だ。浜右衛門に頼まれて、又吉と伊勢吉を殺した疑いが強い。

「一筋縄でいくようなたまではありません。まず、口を割るようなことはないでしょう」

京之進が匙《さじ》を投げたように言う。

これだという動機がわからないことが浜右衛門を追及出来ない理由だった。伝蔵がなぜ、『岩城屋』に火を付けようとしたのか。まず、そこがわからないので、浜右衛門に手が出せない。

また、吾妻橋で剣一郎に襲い掛かった剣客も、浜右衛門が遣わしたのだと想像は出来ても、証拠はない。剣一郎を襲う人間にはもうひとり、心当たりがある。脇田清十朗だ。

「これで、六助まで殺されるようなことになったら、事件の真相はわからず仕舞いになりかねぬ」

剣一郎は迷いながら口にした。

「こうなったら、浜右衛門と徳太郎が会うところを押さえるしかないな」

「ふたりを、ですか」

「そうだ。浜右衛門に罠《わな》をかける。京之進」

「はっ」

「これから、応援を頼み、浜右衛門と徳太郎をそれぞれ見張るのだ」

「畏まりました」

剣一郎の覚悟が伝わったように、京之進も緊張した声で応じた。


翌日、剣一郎は神田須田町の『岩城屋』を訪ねた。

店先には、武家の娘ふうの客も来ていて、相変わらず繁盛《はんじょう》しているようだ。

番頭に浜右衛門を呼んでもらうと、来客らしく、しばらくお待ちくださいとのことだった。

「わかった。ところで、内儀どのはどうしているのだ?」

「はい。ほとんど奥の部屋に閉じ籠《こ》もり切りで、出ていらっしゃいません」

「寝込んでいるのか」

「いえ、食事を運んでいる女中が言うには、寝たり起きたりだとか」

「かかりつけの医者は?」

「多町《たちょう》一丁目の松本浄安《まつもとじょうあん》先生です」

剣一郎は、四半刻(三十分)後にもう一度訪れると番頭に言い、いったん『岩城屋』をあとにした。

剣一郎の足は神田多町一丁目に向かった。

町医者松本浄安の家はすぐわかった。入口には薬をもらうひとが数人待っており、部屋の中にも診察を待っている患者が何人もいた。

剣一郎は、助手の若い男に、『岩城屋』の内儀のことで話を聞きたいと申し入れた。助手は、すぐに松本浄安に取り次いだ。

それほど待たずに、剣一郎は呼ばれ、だるまのような丸々とした松本浄安の前に行った。診察を受ける患者がたくさん待っているので、剣一郎は挨拶抜きで、手短にきいた。

「『岩城屋』の内儀どのの容体をききたい」

「ひと言で言えば、気うつでしょう。心の問題だと思います」

「気うつ? 原因は?」

「わかりませぬが、生きようという気力が窺えないのです。すべてに絶望しているように思えます」

「会って話は出来るか」

「反応は鈍いかもしれませんが、どうにか出来ると思います」

「体に異常はないのだな」

「はい」

「わかった。参考になった」

剣一郎は礼を言い、町医者松本浄安の家を辞去した。

『岩城屋』の内儀は気うつだという。心の問題だ。浜右衛門も、内儀がそういう状態だから、外に出さないようにしているのかもしれない。

剣一郎は『岩城屋』に戻った。ちょうど、年配の武士が浜右衛門に見送られて帰って行くところだった。

御用達のお屋敷の武士かもしれない。浜右衛門にとっては大事な客だったのだろう。

その武士を見送り、店に引き返そうとした浜右衛門が剣一郎に気づいた。あわてて、近づいて来て、

「青柳さま。お待たせして申し訳ございませんでした」

と、恐縮したように頭を下げた。

「いや、気にせずともよい」

「さあ、どうぞ」

浜右衛門自ら、剣一郎を客間に通した。

客間に向かうとき、庭に、下女のおさよを見かけた。小さな体で、また水瓶《みずがめ》に水を運んでいた。

客間で、浜右衛門と差し向かいになる。

「青柳さま。きょうはまた何か」

浜右衛門はにこやかに笑みをたたえながらきいた。余裕に満ちている。なんら、やましいことはないと訴えているのか。

「伊勢吉が死んだ」

「伊勢吉と申しますと、うちにいた伊勢吉でございますか」

「そうだ。一昨日、駒形堂の裏で殺された」

「殺された？　なんと恐ろしいことでございましょうか」

浜右衛門は大仰《おおぎょう》に顔をしかめた。

「最近、伊勢吉と会ったか」

「いえ、会っていません。あの者が店をやめてから一度たりとも会っていません。どこに住んでいるかも知りませんでした。記憶からも消えていました」

「まったく、忘れていたというのか」

「はい。もう五年以上も前のことですし、会わねばならぬ用もありませんでしたから」

浜右衛門は表情を変えずに言う。

「伊勢吉のほうから、そなたに会いに来たことはないか」

「それはあり得ません」

浜右衛門は冷笑を浮かべ、

「あの男は私のやり方に反対してやめて行ったのです。そんな男が私に会いに来ることは考えられません」

「会わねばならぬ何かがあったとも考えられる」

剣一郎は浜右衛門の顔色を窺う。

「さあ、そのようなことは考えられません」

浜右衛門は平然と言う。

「ところで、内儀どのに会いたいのだが、会わせてもらえないか」

「申し訳ございません。家内はひとと会うのを怖がるのです」

「町医者の松本浄安は、会って話は出来ると言っていたが」

「いえ、他人と会ったあとがたいへんなのでございます。先日も、先代からの知り合いの見舞いを受けて会わせましたが、そのあと呼吸が荒くなり、たいへんな騒ぎをしたことがございます」

浜右衛門は拒絶しているのだ。

無理強いは出来ず、剣一郎は引き下がらざるを得なかった。

「『大野屋』を訪ねたそうだが、どんな用があったのだな」

「先代が親しくお付き合いさせていただいたところですから、ときたまご挨拶に伺っています。大野屋さんへのご機嫌伺いです」

「そこで、私が伊勢吉の名を出したことを聞いたそうだな」

「そういえば、大野屋さんはそのようなことを仰っておいででした。さっきも申しましたように、伊勢吉のことはほとんど忘れていましたので、ただ聞き流していました」

関心がないような言い方で、浜右衛門は剣一郎の質問をはぐらかす。

なんら証拠がないので、浜右衛門を深く追及出来なかった。

『岩城屋』に火を放った伝蔵の事件があって以来、伝蔵の仲間の又吉、そして、『岩城屋』の手代だった伊勢吉が相次いで殺された。まるで、『岩城屋』を中心に何か起きているような気がするのだが」

「それは考え過ぎでございましょう」

浜右衛門は含み笑いをした。

「まあ、そうであろうな」

剣一郎は相手に話を合わせてから、

「ところで、そなたに妾がいると聞いたが？」

と、浜右衛門の顔を凝視《ぎょうし》した。

だが、浜右衛門は顔色ひとつ変えずに、

「はい。家内があのような状態なので……」

と、正当化するように言う。

「そのことで、教えて欲しい」

「なんでしょうか」

「そなたの妾にやくざ者の兄貴がいるそうだ。知っているか」

「私はおつた、妾の名ですが、おつたのことしか目に入っておりません。どんな兄貴がいようが、私には関係ありませんので」

「そんなことはきいておらぬ。やくざ者の兄貴がいることを知っているのだな」

「ええ、知っています」

「名は？」

「いえ、知りません」

「徳太郎だ。深川仲町の地廻りの助五郎という親分のところに出入りをしている男だ。なかなか凶暴な男らしい」

「それが何か私に関係でも？」

「じつは、伊勢吉殺しと又吉殺しは同一人物の仕業だ。徳太郎に疑いがかかっている」

「えっ、どうして徳太郎に？」

浜右衛門が顔色を変えた。

「目撃者がいるのだ」

剣一郎は嘘をついた。

「その者の話から徳太郎が浮かんだ」

「まさか」

「場合によっては、徳太郎を捕まえるかもしれぬ。その前に、いちおう、助五郎にも話をし、徳太郎を問い詰めてもらうことにする」

「助五郎親分に？」

「そうだ。助五郎はあの辺りの顔役だ。助五郎に睨《にら》まれたら、徳太郎とて深川じゃ生きていけまい。そんな助五郎に問い詰めてもらえば、何かを白状するだろう。いちおう、そなたの大事な女の兄貴ゆえ、ひと言、知らせておこうと思ってな」

一瞬、浜右衛門の表情が翳《かげ》った。

「徳太郎もばかな真似をしたものだ。助五郎の逆鱗《げきりん》に触れなければいいのだが」

剣一郎は威《おど》した。

「邪魔した。また、来る」

剣一郎は刀を摑んで立ち上がった。

『岩城屋』の外に出ると、向かいの酒屋の角に、町方の者が隠れていた。京之進の指示により、浜右衛門を見張っているのだ。

六

『岩城屋』を出た足で、剣一郎は両国広小路に出て、両国橋を渡った。

その後、脇田清十朗のことも気になるが、今は『岩城屋』の件を優先させねばならない。ふたりの犠牲者が出たのだ。伝蔵を含めれば、三人がすでに死んでいる。

剣之助は今、あちこちに挨拶廻りに出向いている。

先日、昌平橋の近くで、剣之助が侍たちに囲まれていたと、京之進が話していた。

剣之助と志乃は黙っているが、おそらく、脇田清十朗であろう。

こっちの件が片づいたら、剣之助に手を貸し、脇田清十朗のことを解決させねばならない。

そんなことを思いながら、両国橋を渡り、深川へと向かった。

永代寺門前仲町《えいたいじもんぜんなかちょう》、一の鳥居の近くに、地廻りの親分の助五郎の家がある。子分が二十人ほどおり、それ以外にもいかがわしい連中が出入りをしている家だ。

いちおう、表向きは人足周旋業という看板を掲げている。川や道などの工事にひとを派遣することもやっているが、実際はこの辺りの料理屋、呑み屋から用心棒代と称して、毎月いくばくかの金を受け取っているのだ。

深編笠の剣一郎は助五郎の家の誰もいない土間に入った。

「誰かおらぬか」

剣一郎は奥に向かって呼びかけた。

「誰でえ」

いかつい顔の男が出て来た。

「お侍さん。なんか用ですかえ」

男は立ったまま、きいた。

「助五郎はいるか」

「親分に用なのか。今、親分は外出なさっている」

「では、徳太郎はいるか」

「兄貴に？　おまえさんの名は？」

「こういう者だ」

剣一郎が笠をはずすと、左頬の痣《あざ》に気づいたらしく、後退った。

「青痣与力で」

「そうだ。徳太郎を呼んでもらいたい」

「へえ」

男は転びそうになりながら、奥に引っ込んだ。

だいぶ待たされた。剣一郎は上《あ》がり框《がまち》に腰を下ろした。徳太郎を出すまで引き上げないという態度を見せたのだ。

それから、しばらくして、細面の人相で、敏捷《びんしょう》そうな体つきの男がやって来た。

「徳太郎ですが」

裾をぽんと叩いて、すぐ近くに腰を下ろした。

徳太郎の左耳から頬にかけて、かすかに刀傷が残っている。鋭い目つきに鷲鼻《わしばな》。攻撃的な性格が顔に出ている。

「『岩城屋』の浜右衛門から何を頼まれた?」

剣一郎は上がり框に腰を下ろしたままきいた。

「いえ、あっしは浜右衛門には会っちゃいませんから」

「おかしいな。浜右衛門は会ったと言っていたが」

「そんなはずねえ」

徳太郎の顔が強張《こわば》った。

「又吉と伊勢吉を知っているか」

「いえ、知りません」

　とぼけたのか、ほんとうに知らないのかの判断は難しい。

「ふたりは匕首で心の臓を一突きにされて死んでいた。やったのは相当に腕の立つ男だ。そなたのような」

「へえ、なんのことで」

「三日前の夜、駒形堂に行ったな。伊勢吉と待ち合わせていただろう」

「冗談はよしてくださいな。あっしは伊勢吉の顔も知らないんですぜ」

「駒形堂の裏で待っている男が伊勢吉だと、浜右衛門から聞いたのではないか。浜右衛門はそのようなことを話していたが」

「けっ。青痣与力ともあろうお方がそんな作り話をするんですかえ」

　徳太郎が口許を歪めた。

「駒形堂に行ったのは間違いないな」

「行きませんぜ。三日前の夜だったら、あっしはここにいましたぜ。なんなら、ここにいる連中に聞いてみてくださいな」

「おまえのいいように証言するに決まっているだろう。まあ、いい。また、出直す」

　剣一郎は立ち上がった。

戸口で振り返ると、徳太郎は剣一郎の背中を睨んでいた。

十分に動揺を与えた。そう思いながら、剣一郎は外に出た。

そこに、肩で風を切るような若い男を先導にして、地廻りの親分の助五郎が帰って来た。助五郎は肥っていて、二重顎《あご》。頬がたるんで、顔がよけいに広く見える。四十過ぎだ。

助五郎は剣一郎の顔を見ると、不審そうな顔で近づいて来た。

「青柳さまではございませんか」

「徳太郎に用があって来た。最近、徳太郎がこっそり動き回っているようだが、それはそなたの命令か。ことによっては、そなたも無事ではすまないことになるぞ」

剣一郎は威した。

「青柳さま。あっしには何のことかさっぱりわかりませんぜ。あっしらはお上に睨まれるような真似は一切していません」

それは、この界隈を縄張りとしている岡っ引きや同心に付け届けをしているという意味だろう。

助五郎のやっていることで、奉行所は見て見ぬ振りをしているところもあるのだ。

こういう盛り場では、やむを得ないことかもしれない。

だが、ひと殺しとなれば、話は違う。

「じゃあ、はっきり言おう。徳太郎にひと殺しの疑いがある。もし、そなたが絡んでいるとなると……」

「待ってくれ。それは何かの間違いですぜ。徳太郎が勝手にそんな真似をするはずはねえ」

「徳太郎に妹がいるのを知っているか」

「知ってます」

「今、どうしているか知っているのか」

「誰かに落籍《ひか》されたって聞いてますが……」

助五郎は言葉を呑んだ。

「最近、やつは金回りがいいようだったな。わかった。徳太郎に確かめてみますぜ」

助五郎は強張った顔で言い、

「もし、殺《や》ったことがわかれば自訴させます。明日の今時分、また来てくださいな。それまではっきりさせておきます」

助五郎は真顔で言う。

「よし、いいだろう」

助五郎と別れ、剣一郎は永代橋に向かった。瀬戸物《せともの》屋の路地に町方の者が見張っていたが、剣一郎は気づかぬ振りをして素通りした。

助五郎が問い詰めても、徳太郎はしたたかにとぼけ続けるだろう。それより、浜右衛門は徳太郎とどこかで会うはずだ。

どうやって連絡を取り合うか。浜右衛門の妾のおつただ。ふたりは橋場のおつたを仲立ちにしているに違いない。

その夜、途中で京之進と落ち合い、剣一郎は橋場のおつたの家の近くまでやって来た。おつたの家が見通せる雑木林の中に、『岩城屋』の前で浜右衛門を見張っていた京之進の手下がいた。

「浜右衛門は、おつたのところに来ているのか」

京之進がきいた。

「へい。奴は夕方にここにやって来ました」

「裏口は？」

「だいじょうぶです。裏口も監視をつけています」

「誰か出て行ったか」

剣一郎はきいた。

「住込みの女中が出て来ました。旦那が来たんで、気をきかしたのかもしれません」

「その女中はどこに行ったかわかるか」

剣一郎は確かめた。

「ええ。近くの寮に入って行きました。おそらく、友達でもいるのかもしれません」

女中が徳太郎への連絡掛かりかと思ったが、どうやら違ったようだ。

すると、徳太郎へはどうやって連絡をとったのか。それとも、まだ、連絡はとっていないのか。

「浜右衛門は途中、誰かに会ったり、どこかに寄ったりしなかったか」

「いえ、それはありません」

「まっすぐここまで来たのだな」

「ええ。あっ」

手下は素《す》っ頓狂《とんきょう》な声を上げた。

「なにかあったのか」

「はい。浜右衛門は山谷堀の船宿に寄りました」

「船宿だと?」

「ええ、でも、すぐに出てきました」

「青柳さま」

京之進が顔を向けた。

「うむ。どうやら、その船宿に、連絡掛かりがいるようだな」

「青柳さま。その船宿に行って確かめて来ます」

京之進は意気込んだ。

「よし。頼む」

「はっ。おい、案内しろ」

京之進は手下といっしょに山谷堀に向かった。

そうか。徳太郎は猪牙舟《ちょきぶね》でここまでやって来て、浜右衛門と落ち合っていたのか。

四半刻（三十分）以上経ってから、京之進が戻って来た。

「千之助《せんのすけ》という船頭が、浜右衛門に頼まれて深川に向かったそうです」

「やはり、そうか」

「時間的にいって、そろそろ、徳太郎が来てもいい頃ですが」

京之進が山谷堀のほうに目をやって言う。

浜右衛門はおつたの家に入った切りだ。裏口にも見張りをつけているので、裏口から逃げられる心配はない。

それから、さらに四半刻経った。

「徳太郎を見つけるのに手間取っているのかもしれませんね」

京之進がいらだって言う。

さらに四半刻経って、

「遅い。おかしい」

と、剣一郎は訝しがった。

「ちょっと裏口に行ってみよう」

剣一郎は京之進といっしょにおつたの家の裏手にまわった。だが、ちゃんと見張りがいた。

「誰も来ないか」

京之進がきく。

「来ません」

「これからやって来るのか」

剣一郎はやはり不審に思った。

土手沿いの通りに向かった。そして、通りに出る手前で、すたすたと歩いて行く網代笠の侍を見た。

月明かりではっきりした色はわからないが、茶の袴だ。

「あの侍は……」

剣一郎の記憶が刺激を受けた。

あっと気づいたときには、その侍は今戸のほうに去って行く。

吾妻橋ですれ違いざまに襲って来た侍に似ていた。同じ人間だろうか。そう思ったとき、剣一郎はいきなり侍がやって来た方角に駆けだした。

「京之進、来い」

その方角に、真崎稲荷がある。

柳森神社の裏で又吉が、駒形堂の裏で伊勢吉が殺されたのだ。気になった。

真崎稲荷につくと、手分けをして境内を探させた。

そして、社殿の横で、脳天を割られて死んでいる徳太郎を発見したのだった。

第四章　最後の男

一

近くの自身番から提灯《ちょうちん》を借りて来た。その明かりの下で、徳太郎は眉間《みけん》から血を流して倒れていた。

「あの侍だ」

剣一郎は網代笠をかぶった茶の袴姿の侍を思い出して叫んだ。吾妻橋で剣一郎に襲い掛かった侍である。

浜右衛門は徳太郎を真崎稲荷に呼び出したのだ。町方が見張っているから家には近づくなと、呼び出しの文には認《したた》めてあったのかもしれない。

「浜右衛門は、我々が張り込んでいたのを知っていたのに違いない」

浜右衛門は尾行に気づいていたのだろう。途中、山谷堀の船宿に寄ったのも、見られていることを承知だったのだ。

「京之進。おつたのところに行ってみよう」

剣一郎は歩きだした。すぐに、京之進もついて来る。

おつたの家は黒板塀の小粋《こいき》な感じの家だ。格子戸《こうしど》を叩《たた》き、京之進が奥に向かって呼びかけた。

「南町だ。開けろ」

内側に朧《おぼろ》な明かりが灯り、物音がした。

やがて、格子戸が開いた。手燭《てしょく》を持った女が現われた。二十二、三歳の色白の垢抜《あかぬ》けた女だ。

「おつたか」

京之進が土間に立った女にきく。

「はい。つたです」

怯《おび》えたように、おつたは片手を襟元《えりもと》にやった。

「たった今、そこの真崎稲荷で、徳太郎が殺された」

「えっ、徳太郎って、まさか……」

「そなたの兄貴だ。念のために、顔を確認してもらいたい」

そのとき、奥から黒い影が飛び出して来た。

「徳太郎さんが殺されたって、ほんとうですか」

浜右衛門だった。

「おまえは、『岩城屋』だな。まず、ほとけの顔を確かめてもらいたい」

「私では顔はよくわからない。おまえ、行ってきなさい」

「はい」

おつたが奥に引っ込んだあと、剣一郎は一歩前に出た。

「浜右衛門。ちょっときききたいことがある」

「これは青柳さま」

浜右衛門は驚いたような素振りをしたが、いかにも芝居がかっていた。

京之進の手下が、おつたを現場に連れて行ったあと、剣一郎と京之進は浜右衛門と向かい合った。

「徳太郎を呼び出したのはそなたか」

剣一郎は切り出した。

「はい。ここに来る途中、山谷堀の船宿の船頭に頼んで文を届けてもらいました」

やはり、浜右衛門はつけられていることを承知していたのだ。

「しかし、いっこうに来る気配がないので、また賭場にでも行って、連絡がつかないのだろうと思っていたのです」

「真崎稲荷に呼び出したのではないのか」

「とんでもない。ここにですよ」

ふと、浜右衛門が口許《くちもと》に一瞬だけ笑みを浮かべたのに気づいた。

「私は、ちょっと用があり、徳太郎さんにここに来てもらうように手紙を書いたのです。ずっと、ここで待っていたんです。まさか、殺されたなんて」

すでに悲しげな顔つきになっていた。

「なんのために、呼んだのだ?」

「それは、徳太郎さんにひと殺しの疑いがかかっているという、昼間の青柳さまのお言葉です。会って、問い質《ただ》そうとしたんです」

浜右衛門は動じることなく言う。

「徳太郎を殺《や》ったのは、侍だ。心当たりはあるか」

「いえ、ありません。いったい、どうなっているのか、私にはさっぱりわかりません」

剣一郎はそれ以上の追及は出来なかった。

だが、口封じのために浜右衛門が徳太郎を殺したことは間違いないように思える。

一連の事件の中心にいるのは浜右衛門だと確信している。だが、状況だけだ。やはり、伝蔵がなぜ『岩城屋』に目をつけたのか。そのことを明らかにしない限り、浜右衛門を追い詰めることは出来そうにもなかった。

徳太郎まで殺された今、最後の頼りは六助だけだ。いったい、六助は今、どこにいるのか。

もし、六助が伝蔵や又吉の仲間だったら、このまま引き下がることは絶対にないだろう。必ず、浜右衛門の前に現われるはずだ。


翌日の午後。剣一郎は長谷川四郎兵衛に呼びつけられた。

「青柳どの。昨夜はまたも醜態《しゅうたい》を演じたそうだな」

四郎兵衛の言葉は辛辣《しんらつ》だった。徳太郎が殺されたことを言っているのだ。

「間近にいながら、みすみす大事なひとの命を奪われるとは」

「面目ございません」

剣一郎はとにかく頭を下げるしかなかった。

「これで、立て続けに三人もの命が奪われている。幸いなことは、三人ともまっとうな人間ではなかったことだ」

たとえ、遊び人であろうが、大事な命に変わりはない。そのことで言い返そうとしたが、また話がややこしくなるので、剣一郎はぐっと堪《こら》えた。

「宇野どの」

四郎兵衛は同席していた宇野清左衛門に顔を向けた。

「いったい、このような御仁《ごじん》に、いつまで特命を申しつけるのだ。何も、青柳どのがわざわざ出しゃばることではあるまい。即刻、手を引かせたらいかがか」

「長谷川どの。お言葉でござるが、青柳どのがこれまでにも数々の難事件を解決してきたことはご存じのはず。今回の事件においても、青柳どのでなければことの真相は摑《つか》めませぬ」

清左衛門はむきになって反論した。

「確かに、青柳どのが何度もお手柄を立てたことは承知しておる。なれど、だからといって、今回もうまくいくとは限らない。いや、今回は目が狂っているとしか思えぬ。見当違いをしているから、みすみす三人もの犠牲者を出してしまったのではないか」

四郎兵衛の言葉を聞いていて、剣一郎はおやっと思った。

「長谷川さま」

剣一郎は顔を上げた。

「なんじゃ」

不快そうに、四郎兵衛は剣一郎に顔を向けた。

「ひょっとして、誰かが長谷川さまに何かを相談されたのではありませぬか」

「なに」

目を剝《む》き、四郎兵衛は微《かす》かに狼狽《ろうばい》の色を見せた。その態度から、やはりそうだと、剣一郎は確信した。

浜右衛門が四郎兵衛に訴えたのだ。青痣与力が私にしつこくつきまとっている。なんとかならないのかと。

そこは日頃から付け届けをもらっているから、四郎兵衛も即座に、折りを見て青痣与力に注意をしておく、場合によっては今の探索から下ろすようにすると請《う》け合ったのであろう。

だが、それだけ、浜右衛門も焦《あせ》って来ている証拠であり、剣一郎の疑惑が的外れではないことを物語っている。

「よいか。青柳どの。いくら、宇野どのの信任を得ているからといって、何もしていない人間を下手人だと決めつけ、その人物の周辺に見張りをおくなど、許されるべきことではない。以後、慎まれよ」

四郎兵衛は一喝して立ち上がった。

「宇野どのもとくと考えよ」

そう言い残し、四郎兵衛は去って行った。

「困った御仁だ」

宇野清左衛門は苦い顔をし、

「青柳どの。気になさるな」

「はい。しかしながら、今回は私の失敗かもしれませぬ。まさか、徳太郎が殺されるとは思いもよりませんでした」

「青柳どのは浜右衛門を疑っておるのか」

「はい。状況的には、まさに疑惑の中心にいると断じて差し支えありません。すべての事件は浜右衛門の近くで起きております。ですが、決定的な証拠に欠けることと、事件の背景にあるものがまだ摑めておりません」

「徳太郎が殺されたことで、ますます厳しくなったな」

「はい。ですが、必ずや浜右衛門の正体を暴いてみせます」

さらに、剣一郎が追及を諦めなければ、浜右衛門はあの刺客《しかく》を剣一郎に向けるはずだ。手強い相手だが、そこに活路が見出せる。

奉行所を出てから、剣一郎はいったん八丁堀の組屋敷に帰り、浪人笠に着流しの姿で再び、出かけた。

剣之助は志乃を残して外出したという。行徳河岸の『万屋』の出店に、庄五郎を訪ねて行ったらしい。

剣一郎は事件の探索に追われて、庄五郎への挨拶がまだ出来ぬままだった。そのことに忸怩《じくじ》たる思いを持っていた。

剣一郎は霊岸島を通って永代橋を渡った。そして、一の鳥居の近くにある助五郎の家にやって来た。

剣一郎は客間に通された。

目つきの悪い若い男が茶を運んで来た。

「どうぞ」

「ちょっとききたいことがある」

剣一郎は若い男を呼び止めた。

「へい」

若い男がその場に膝《ひざ》をついてしゃがんだ。

「徳太郎が殺されたことは知っているな」

「へい。信じられません。徳太郎兄貴《あにや》が殺られるなんて」

「誰に殺られたか、想像はつくか」

「いえ。まったくわかりません」

「徳太郎は夜遅く外出したことがあったと思うが、覚えているか」

「へえ、たまにひとりで出かけていたようです」

伊勢吉が駒形堂で殺された日のことを訊ねたが、日にちは覚えていなかった。

「最近、徳太郎は金回りはどうだった？」

「へえ。羽振《はぶ》りはよかったです」

廊下に足音がして、助五郎がやって来た。若い男はあわてて部屋を出て行った。

「徳太郎が殺されたなんて信じられねえ」

腰を下ろすなり、助五郎は憤慨《ふんがい》した。

「徳太郎から話を聞いたか」

「聞いた。奴は何も知らないと言った。俺の目を見て答えろと迫ったが、ほんとうにひとを殺しちゃいないと言った。俺は信じかけたが、こんなことになってみると、徳太郎は何かやっていたな」

助五郎は煙草《たばこ》入れを取り出し、煙草盆を引き寄せた。

「じつは、最近、奴が俺に隠れて、こそこそ何かしているらしいことは気づいていたんだ」

「たとえば？」

「急に、ひとりで出かけて、半日以上、帰って来ないこともあった。それから、若い奴を引き連れ、呑みに行っている」

「まさか、助五郎親分に取って代わろうとしていたわけじゃあるまい」

そう言うと、助五郎がいやな顔をして、

「そこまで考えていなかったと思うが……」

と、声が小さくなった。

「だが、いずれ、徳太郎はあんたの言うことも聞かなくなっていっただろう」

「ああ、だんだん生意気になっていたことは間違いない。だが、ひと殺しまでしていたとは想像もしていなかった」

「浜右衛門と知り合ってからではないか。徳太郎が勝手な真似をするようになったのは？　おそらく、浜右衛門から金をもらっていたはずだ」

「だろうな」

助五郎は顔をしかめてからきいた。

「徳太郎をやったのは誰なんだ？」

「手を下したのは侍だ。浜右衛門が雇った刺客《しかく》だと思うが、証拠はない」

剣一郎はふと助五郎の手を借りることを思いついた。

「頼みがある」

「なんですね」

「六助という男を探してもらいたい」

「六助？」

「徳太郎らしき男が探していた。徳太郎が殺した可能性のある又吉という男の知り合いだ。又吉が殺されたあと、姿を消している。自分の身に危険が及ぶと思い、逃げたものと思われる」

「六助ですね。特徴は？」

「眉尻《まゆじり》がつり上がり、引き締まった顔立ちだ。年は三十前後。背は高いほうだ」

「わかりやした。若い者に話しておきますぜ」

「頼んだ」

剣一郎は立ち上がった。

それから、剣一郎はわざと人気《ひとけ》のない道を両国橋に向かった。刺客を待っているのだ。必ず、浜右衛門は刺客を送って来る。

だが、両国橋を渡ったが、つけられている気配はなかった。

二

その日、剣之助はひとりで、行徳河岸にある『万屋』の出店に庄五郎を訪ねた。

じつは、先日、ここを志乃と共に訪ね、庄五郎と話し合っているところに、庄内藩酒井《さかい》家の下屋敷から急の呼び出しがあって、途中で庄五郎は出かけてしまったのだ。あのときの庄五郎は緊張した顔で出かけて行った。剣之助はそのことが気になっていたので、改めて庄五郎を訪ねたのだ。

「先日はたいへん失礼しました」

庄五郎は先日のことを詫《わ》びた。

「万屋さん。差し出がましい口をきくようですが、お屋敷のほうで何かあったのではございませんか」

国木田源左衛門《くにきだげんざえもん》という用人が不正を働いていたことが発覚し、国表と江戸とで、大騒ぎになったことがあった。

そのことが、まだ尾を引いて、庄五郎に何らかの災《わざわ》いが降りかかったのではないかと、心配したのだ。

「いえ。そのことは、すでに解決いたしました」

そう言う庄五郎の表情に、微かに翳《かげ》が差している。

「では、他のことで何か」

「いえ」

庄五郎ははかなく笑った。

「万屋さん。もし、困ったことがあれば、なんでも仰《おつしや》ってください。どれほどのお役に立てるかわかりませんが、少しでもお力になれれば」

「ありがとうございます」

そう言い、何か言いかけたが、庄五郎はふいに表情を和《やわ》らげ、

「まだ、たいしたことではありません。私どもで対処出来ることです。万が一のときには、お力におすがりするかもしれません」

「わかりました。それでは、お忙しそうですから、これで失礼いたします」

「今度、改めて、お屋敷にお伺いしとうございます」

「はい。父も、お会いしたいと申しております」

「私もでございます。どうぞ、お父上によろしくお伝えください」

庄五郎に見送られて、剣之助は『万屋』の出店を出た。

日本橋川沿いを行くと、鎧河岸《よろいがし》に差しかかる。

あれから、脇田清十朗からは何も言って来ない。

一対一での対決を約束したのだ。追って、場所と日時を知らせると言っておきながら、その後、音沙汰《おとさた》もない。

清十朗が諦めたわけではないから、このままではまた何かしでかしてくるかもしれない。こうなったら、こっちから乗りこんでみようかとも思った。だが、そこまでの決心はつかない。

日本橋川から分流した東堀留川《ひがしほりどめ》の入口にかかる思案橋《しあん》を渡り、末広《すえひろ》河岸に差しかかった。やはり、誰かがつけて来る。

組屋敷を出て、海賊《かいぞく》橋を渡った辺りで気づいたが、途中、気配は消えた。そういえば、この辺りであった。『万屋』の出店から帰るのを、この付近で待っていたのかもしれない。

剣之助は立ち止まって、振り返った。そこに、若い侍が近づいて来た。剣之助より二、三歳年上のようだ。

「青柳剣之助どのか」

「そうです。あなたは?」

「私は時田《ときた》益次郎《ますじろう》と申します」

「時田どの?」

剣之助は訝《いぶか》しく相手を見た。

時田益次郎は懐から文を取り出した。

「これを、青柳剣之助どのにじかに渡し、返事をもらってくるように言いつかって来ました」

剣之助が文を受け取り、開いた。

今夜五つ(午後八時)、千駄木《せんだぎ》の根津《ねづ》権現《ごんげん》の裏にて。必ず、ひとりで来ること。もし、連れがあれば、中止する。

そういう内容だった。

剣之助にはひとりで来ることを要求しているが、脇田清十朗のほうはひとりだとは書いていない。

だが、最初から脇田清十朗がひとりで来るとは思っていない。

「わかりました。必ず、ひとりで行くとお伝えください。お役目、ご苦労に存じます」

剣之助が文を折り畳んだ。

「青柳どの。これは尋常な果たし合いではありませぬ。なんとか回避する手立てはありませぬか」

時田益次郎が意外なことを言った。

「なぜ、あなたがそのようなことを?」

「ご存じないかもしれませぬが、私の兄時田益太郎《ますたろう》は脇田清十朗どのと同じ剣術道場に通っております」

「あなたも、その道場に?」

脇田清十朗の名が出て、剣之助も緊張した。

「はい。我ら兄弟は脇田のお殿さまにはひとかたならぬお世話になっております。脇田清十朗どのの頼みは断れません。脇田どのは、私の兄に青柳どのと闘うように命じたのです」

「そうですか」

それも想像していたことだ。

「私の兄は道場で師範代をしております。したがって、今度の件が師範に知れたら、破門になってしまいます。もちろん、勝負に勝っても負けても、兄に傷がつきます。じつは、私が使者を買って出たのも、青柳どのにこの決闘を受けないようお願いするためでした」

益次郎は真剣な眼差《まなざ》しで訴えた。

「出来ましたら、青柳どのには果たし合いを断っていただきたいのです」

「私も出来たら、そうしたい。でも、どこかで決着をつけないと、脇田清十朗どののことは今後もずるずると後を引きそうなのです」

少し、考えてから、剣之助は言った。

「脇田清十朗どのが相手をしなければ、果たし合いに応じないと返事をすれば？」

「いいえ。脇田どののことです。自分が相手だと偽《いつわ》り、青柳どのが果たし合いの場に来れば、約束を反故《ほご》にするでしょう」

益次郎はどうする術《すべ》もないというふうに首を横に振った。

「それでは、私は果たし合いに応じないと答えたほうがいいわけですか」

剣之助は困ったように口にした。

「はい」

「そうなると、脇田どのはまた何を言いだすかわかりません。時田どののほうは、脇田さまの命令を拒《こば》めないのですか」

「無理です。脇田家に恩義がありますから。父が病気になったとき、脇田のお殿さまにいろいろ助けていただいたのです」

「でも、それは脇田のお殿さまにであり、脇田どのではないですよね」

「ええ。でも、父親の名を出して言ってきますから」

「そうですね」

脇田清十朗は父親の威光を借りて、威張っているのだ。

「青柳どの。こうしていただけませぬか。兄には青柳どのと対峙《たいじ》しても決して剣を抜かないように言います。ですから、青柳どのも決して抜かなように」

剣さえ抜かなければ決闘にならない。だが、そのあと、どうするというのか。

「青柳どのが、脇田清十朗どのとの立ち合いを所望なされば」

果たして、それでうまくいくのかどうか。ともかく時田益太郎が決闘に加わらなければいいのだ。つまり、剣を抜くような事態にならなければいい。

「わかりました。そうしましょう」

剣之助は約束した。

「かたじけない」

時田益次郎は深々と頭を下げた。


剣之助は屋敷に帰った。

志乃は母屋《おもや》で、多恵から何かの手ほどきを受けていた。剣之助の顔を見て、多恵は志乃に言った。

「では、また明日にいたしましょう」

「はい。お義母《かあ》さま。ありがとうございました」

志乃は多恵に頭を下げ、剣之助といっしょに離れの自分たちの部屋に向かった。

「何を教わっていたのだ?」

「はい。与力の妻の心得でございます。だいぶ、小野田家と違うようでございます」

「そんなに違うか」

「はい。小野田家では、母は玄関に出ることはありませぬ。ところが、与力の家では女が玄関に出てお客さまの応対をするそうです。それに、お客さまはほとんど頼みごとが多く、付け届けが多いと」

志乃は目を丸くして話した。

「いやにならないか」

剣之助は心配してきいた。

「いいえ。とても面白そうにございます」

「面白いか」

剣之助は苦笑するしかなかった。

剣之助の着替えを手伝っていた志乃が、畳に落ちた文を拾った。

「これは……」

志乃が顔色を変えた。

「脇田清十朗どのからの果たし状だ」

「まあ。いつでございますか」

「今夜だ」

「行くのでございますか。お義父《とう》さまには？」

「いや。父も事件の探索で忙しい。この件は私ひとりでけりをつけたい」

「でも」

「心配するな。ただ、夜に私だけ出かけては、何か不審を持たれるかもしれない。どうだろう。『万屋』の出店で待っていてもらえぬか」

「それは構いませぬが」

「よし。それなら、夕飯前に出かけよう」

父と母には、『万屋』で食事をごちそうになると言い、暮六つ（午後六時）前に、ふたりは屋敷を出た。

京橋を渡り、さっき時田益次郎から声をかけられた末広河岸に差しかかった。益次郎と別れたあと、剣之助はもう一度、『万屋』に戻り、庄五郎に志乃を預かってもらうように頼んだのである。

鎧河岸を過ぎ、行徳河岸にやって来た。

庄五郎に志乃を頼み、剣之助は単身で千駄木に向かった。

八辻ケ原に差しかかった頃に暮六つの鐘がなり、筋違御門を潜って御成道を行く。池之端仲町《いけのはたなかちょう》の一膳飯屋で茶漬けを食べて腹拵《はらごしら》えをし、不忍池の西岸を通って根津権現のほうに向かった。

ときたま雲に隠れ、真っ暗になるが、すぐに月影が射し、千駄木にやって来た。

権現社の裏手は原っぱで、所々に太い樹が立っていた。樹の陰は漆黒《しっこく》の闇《やみ》だ。まだ、五つには間がある。

が、すでに樹の陰の暗闇にひと影が蠢《うごめ》いた。

数人の武士が月影の中に現われた。その真中に、脇田清十朗がいた。

「青柳剣之助。よく、ひとりで来たな」

清十朗の声が夜陰《やいん》に響いた。

「約束だ。一対一で勝負ぞ」

剣之助が叫ぶように言う。

「よし。一対一の勝負だ。おぬしの相手はこの男だ」

袴の股立《ももだち》をとり、たすき掛けをし、額に鉢巻《はちま》きの男がゆっくり剣之助に向かって歩いて来た。

「相手は脇田どのではないのか」

「俺に代わって、時田益太郎が相手をする。道場の師範代を務める男だ。相手にとって不足はあるまい」

清十朗が不敵に笑った。

「いざ」

時田益太郎が刀の柄に手をおいて、ゆっくり近づく。剣之助は両手を下げて、その場に立った。

お互いに剣を抜かぬ約束だ。このまま睨《にら》み合っていたら、脇田清十朗は業《ごう》を煮《に》やし、仲間に斬りかかるように命じるかもしれない。

そうなれば、時田益太郎は手を引く。剣を一度も抜かずにこの場を去れば、師範から咎《とが》めはあるまい。

剣之助はそう考えた。時田益太郎からも殺気は感じ取れない。ただ、こうやって睨み合い、時間を稼ぐのだ。

やがて、脇田清十朗のいらだった声が辺りに轟《とどろ》くはずだ。

おかしいと思ったのは時田益太郎が間合いを詰めて来たときだ。剣之助は無意識のうちに後ろに下がった。

が、いきなり、時田益太郎は抜き打ちに斬りかかってきた。益太郎の鋭い剣が剣之助の眼前で空を斬った。

さらに、益太郎は剣之助に剣を抜く間を与えぬように続けざまに仕掛けて来た。だが、剣之助は右に左に体をかわした。

そして、相手の動きが微かに止まった隙《すき》に、剣之助は抜刀していた。

青眼《せいがん》に構えた。相手は八相《はっそう》から踏み込んで来た。だが、剣之助の体は常に相手の剣《けん》尖《せん》の一寸（約三センチ）先にあった。

　益太郎はさっきから空を斬っていた。やがて、疲れの見えた相手に向かって、剣之助は踏み込み、相手の小手に峰《みね》で打ちつけた。

　益太郎は剣を落とした。

　見ていた侍たちが騒然とした。その中に、時田益次郎がいた。

「時田益次郎どの。これはどういうことですか」

　剣之助はきいた。

「脇田さん。早く、こいつを斬ってくれ」

　益次郎は悲鳴のような声を上げた。

「よし。やれ」

　清十朗が叫ぶや、侍たちはいっせいに剣を抜いた。

「無駄なことだ」

　剣之助は一喝する。

　そのとき、馬の蹄《ひづめ》の音が近づいて来た。

「静まれ。静まらぬか」

　馬上で、恰幅《かっぷく》のいい武士が手綱《たづな》を捌《さば》きながら叫んだ。

　脇田清十朗が立ちすくんだ。馬から下り立ったのは脇田清右衛門だった。

「清十朗。なんたるざまだ」

「父上」

「これ以上、わしに恥をかかせる気か」

脇田清右衛門は激しく叱責《しっせき》した。

「おまえたちもだ。それでも武士か」

「父上。この男は我が女房を」

「愚《おろ》か者。まだ、そのようなことを」

脇田清右衛門が清十朗に駆け寄り、いきなり平手打ちを食らわせた。

「よいか。二度と、このような恥さらしの真似をしたら勘当だ」

清十朗は頰を押さえ、茫然《ぼうぜん》としていた。

やがて、剣之助に顔を向けた。

「脇田清右衛門だ」

はっと、剣之助は片膝を折ってしゃがんだ。

「伜《せがれ》清十朗の罪、このとおりだ。許してくれ」

「恐れ多いことでございます」

「二度と、このようなばかな真似をさせない。志乃どののこと、わしにも責任がある。このとおりだ。改めて、志乃どのとの縁組、祝福するぞ」

「もったいないお言葉。ありがたき仕合わせに存じます」

そこに、遅れて、脇田清右衛門の家来らしき侍が駆けつけた。その中に、小野田彦太郎の姿があった。

「あっ、舅《しゅうと》どの」

「剣之助どの、無事であったか」

「どうしてここへ」

「屋敷に、『万屋』の奉公人が駆けつけ、果たし合いのことを知らせてくれたのだ。それで、すぐに脇田さまの屋敷に駆け込んだ。そしたら、脇田さまは馬を走らせ、ここに駆けつけてくださったのだ」

彦太郎は説明した。

「小野田どのの捨て身の訴えに、わしもようやく目が覚めた。我が伜可愛さに、盲目になっていた。すべてはわしが強引に、清十朗と志乃どのを縁組させようとしたことがはじまりだ。小野田彦太郎。まだ、隠居には及ばんぞ」

そう言い、脇田清右衛門は再び馬上のひととなった。

「清十朗らを屋敷に連れて来い」

清右衛門は家来に命じた。

「志乃が万屋どのに話してくれたんです。志乃のおかげです」

剣之助は志乃に感謝をした。

「剣之助どの。よかった。これで後顧《こうこ》の憂《うれ》いはなくなった。晴れて、ふたりは夫婦《めおと》だ」

彦太郎はうれしそうに言った。

ふと、剣之助は清右衛門の家来に引き立てられて行く侍の中に、時田益太郎と益次郎を探した。

益次郎は剣之助を騙《だま》したのだ。時田益太郎ははじめから剣を抜く気だった。

しかし、剣之助は自分を責めた。あのような嘘を見抜けなかった己の未熟さを思い知らされたのだ。

「剣之助どの。さあ、早く帰って、志乃を安心させてやってくれ」

「わかりました」

気を取り直し、剣之助は彦太郎と別れ、『万屋』の出店に急いだ。

三

その夜、上州から文七が帰って来た。旅装を解かぬまま、文七は剣一郎の屋敷にやって来たのだ。

「文七。疲れているであろう、上がれ」

「いえ、ここで結構でございます」

文七は庭先に立ったまま言う。決して、座敷に上がろうとしなかった。

「青柳さま。あることがわかりました」

文七はそういい語り出した。

「七年ほど前まで上州、信州《しんしゅう》、野州などの旧家を襲い、書画骨董《しょがこっとう》品を盗んでいる盗賊一味がいたそうです」

「お大尽《だいじん》の屋敷の蔵には相当なものが納まっているんだろうからな」

「押し入っても、ひとを殺傷《さっしょう》するようなことはなく、その一味は盗んだ品物を江戸の愛好家に高値で売っていたということです」

「うむ。盗んだものを捌《さば》く人間がいたのだな。もしや、それが七兵衛？」

伝蔵が口にした名を思い出した。

「そのとおりでございました。七兵衛という男が品物を江戸に運び、金に替えていたそうです」

文七はさらに続けた。

「七年ほど前、この七兵衛が掛軸《かけじく》や屏風《びょうぶ》絵などを江戸に運んだまま行方不明になったということです。それから、何者かの密告により、代官所の役人が盗賊一味の隠れ家を急襲し、頭の八重吉《やえきち》以下、五人が捕まり、三人だけ逃げた」

「なるほど。その三人が伝蔵、又吉、六助というわけか」

「はい。八重吉以下、五人はその後、処刑されました。伝蔵、又吉、六助は頭と仲間の恨《うら》みを晴らすために、七兵衛を探しに江戸に出たということです」

「七兵衛が品物を持ったまま逐電《ちくでん》したと思ったのだな。しかし、伝蔵の口振りでは七兵衛を恨んでいるようではなかった。そうか、七兵衛を殺し、品物を盗んだ者がいるというわけだな。それが、『岩城屋』の浜右衛門だと睨んだ」

「はい。そうだと思います」

「それにしても、なぜ伝蔵たちは七兵衛を疑おうとしなかったのだろうか」

「七兵衛は伝蔵たち三人を、特に可愛がっていたそうです。伝蔵たちは七兵衛を信じきっていたのではないでしょうか」

「よく、短い期間で、ここまで調べて来たな」

剣一郎は讃《たた》えた。

「運がよかったのでございます。今は隠居しておりますが、当時、御代官手代をしていた男と接触することが出来ました」

代官の配下には手付《てつき》と手代がいる。御代官手付は小普請組の御家人から採用されたが、御代官手代は町人、百姓から代官が選んで採用した。

「文七。ごくろうだった。ゆっくり、休め」

「はい。ありがとうございます」

文七はすっと庭の暗がりに去って行った。

剣一郎は改めて、文七の話をもとに、これまでの事件を振り返ってみた。

まず、伝蔵の行動だ。伝蔵ははじめから『岩城屋』に入り込む目的で、建具職の松蔵に近づいたのだ。そして、松蔵を請人として、『岩城屋』に下男として入り込んだ。うまい具合に、『岩城屋』の下男に空きが出来たとは思えないから、それまでいた下男には、金を与えてやめてもらったのではないか。

そうまでして、伝蔵が『岩城屋』に入ったのは、『岩城屋』の屋敷内で何かを調べる目的があったのだろう。

浜右衛門に疑いの目を向けていたが、確証はなかった。だから、そんなまわりくどいことをしなければならなかったに違いない。

伝蔵は『岩城屋』で何をしようとしたのか。浜右衛門が七兵衛から奪った品物を探そうとしたのだろう。そして、部屋に忍び入ったとき浜右衛門に見つかり、店をやめさせられた。

次に、伝蔵がしたのは火付けだ。『岩城屋』に火を放ち、何をしようとしたのか。もし、建物が全焼すれば書画骨董も燃えてしまう。

七兵衛か、と剣一郎は思いついた。

伝蔵たちは、はじめ七兵衛が裏切ったと思い、七兵衛を探した。だが、七兵衛の消息が摑めず、生きているという痕跡《こんせき》もなかった。それで、七兵衛が取引をしようとした浜右衛門に疑惑を向けた。

つまり、七兵衛は書画骨董の取引のために『岩城屋』を訪問した。もちろん、浜右衛門は盗品を買うのだから、家人にも気づかれぬようにひそかに七兵衛を家に引き入れたのであろう。

取引の話し合いがつかなかったのか、それとも最初からそのつもりだったのか、浜右衛門は七兵衛を殺し、品物を奪ったのだ。

なぜ、浜右衛門がそれほど七兵衛が持って来た品物を欲したのか。その答えは、五年前に、『岩城屋』がさる大名の御用達になったことでもわかる。

御用達になるために、相当の金を賄賂《まいない》として贈ったのではないかという噂もあったようだが、実際に贈ったのは書画骨董だったのだ。

その大名家の江戸家老か御留守居役か、あるいは殿さまかはわからない。だが、七兵衛が持って来た書画骨董の中に、それらの者が欲していた品物があったのではないか。

浜右衛門は七兵衛と値段の交渉をしていたが、七兵衛がふっかけてきたか、あるいは最初から浜右衛門は金を出す気はなかったか、わからない。

浜右衛門は不意をついて七兵衛を殺したのではないか。では、七兵衛の死体はどこに処分したか。

ひとりで遠くに捨てに行くことは出来まい。だとすると……。

そうかと、はたと思いついた。七兵衛の死体は『岩城屋』の敷地内にあるのだ。少なくとも、伝蔵はそう考えたのではないか。

火事になり、焼け跡から七兵衛の死体が発見されるかもしれない。そう考えたのではないか。

だとすれば、伝蔵が火を放った理由がわかる。七兵衛を殺して書画骨董を奪ったという証拠が欲しかったのだ。

だが、たまたま、剣一郎が通り掛かったために、伝蔵は失敗した。

小塚原の刑場で、又吉と六助はどんな思いで火焙《ひあぶ》りになる伝蔵を眺めていたのか。

次に、その又吉が殺された。なぜ、浜右衛門は又吉のことを知ったのか。これには剣一郎に責任があるかもしれない。

伝蔵に関する剣一郎の質問の内容から、浜右衛門は七年前のことに思いを巡《めぐ》らせたのではないか。

それで、又吉のことを調べたのだ。

一方、又吉は伝蔵に代わり、『岩城屋』を調べ出した。それに気づいた浜右衛門は、妾《めかけ》おつたの兄の徳太郎を使い、柳森神社で又吉を殺したのだ。さらに、徳太郎を使って、六助をも狙《ねら》った。だが、その前に六助は逃げ出していた。

伝蔵、又吉を失い、六助はたったひとりで浜右衛門に立ち向かわなくてはならなくなった。そこで、以前、『岩城屋』の手代をしていた伊勢吉に近づいたのだ。

おそらく、伊勢吉にこう言わせて浜右衛門を恐喝しようとしたのではないか。

七兵衛を殺し、書画骨董を奪ったことを訴えられたくなければ金を出せ、と。浜右衛門は話に乗った振りをし、駒形堂に伊勢吉を誘《おび》き出し、再び、徳太郎を使って殺したのだ。

だが、徳太郎が疑われたと知ると、今度は侍の刺客《しかく》を使って徳太郎を殺した。

一連の事件の流れは、ほぼ今の解釈で間違いないと思う。が、証拠はない。あくまでも、浜右衛門が七兵衛を殺し、書画骨董を盗んだということが前提となっているが、肝心《かんじん》の証拠は何もないのだ。

頼りは、ひとり残った六助だ。伝蔵、又吉が殺され、怖くなって尻尾《しっぽ》を丸めて逃げたとは思えない。

ひとりでも六助は浜右衛門に復讐をするつもりだろう。だが、浜右衛門には強力な助っ人がいる。迂闊《うかつ》に手を出せずに地団駄《じだんだ》を踏んでいるのではないか。

六助しか手掛かりはないか。

そう思ったとき、脳裏にある人物のことが浮かんだ。浜右衛門の妻女だ。気うつで、家の中に閉じ籠《こ》もり切りだという。

浜右衛門はあまりひとに会わせないようにしている。会うのは、料理を運ぶ女中と、医者、それにときたま見舞いにやって来る親戚の者だけだという。

無駄でもいい。よし、なんとしてでも、妻女に会ってみよう。剣一郎はそう思った。

ふと、気づくと、もう五つ半（午後九時）をまわっていた。まだ、剣之助たちは帰っていない。

何かあったのかと不安になったとき、玄関のほうが賑《にぎ》やかになった。剣之助と志乃が帰って来たようだ。

やがて、剣之助と志乃が部屋に入って来た。

「遅くなりました」

剣之助が言い、剣一郎の前にやって来て、

「お話があるのですが」

と、明るい声で言った。

志乃の目も輝いている。何か、よいことでもあったかと、剣一郎も浮き立つ想いで、座敷で向かい合った。

「何かな」

剣一郎はふたりの顔を交互に見た。

「最初にお詫びしなければなりません。じつは、今夜、私は脇田清十朗どのに果たし合いを申し込まれ、指定の場所まで行って来ました。父上や母上にはご心配をかけまいとし、わざと知らせずに出かけてしまいました」

「そうか。で、どうなったのだ?」

剣一郎は先を急《せ》かした。

「清十朗どのの仲間と斬り合いになる寸前、脇田清右衛門さまが馬で駆けつけてくださいました」

剣之助はそのときの状況をつぶさに話した。

頷きながら剣一郎は聞いた。

「最後に、脇田さまはこう仰ってくださいました。二度と、このようなばかな真似をさせない。志乃どのとのこと、わしにも責任がある。このとおりだ。改めて、志乃どのとの縁組、祝福するぞ、と頭を下げられたのです」

「そうか。脇田さまが」

「舅どのが、脇田さまのお屋敷に訴えに行かれたそうです。舅どののおかげです」

「うむ。小野田どのは剣之助と志乃のためならお家が廃絶になってもいいとさえ言っていた。小野田どのの志乃を思う気持ちが脇田どのの心を動かしたのであろう」

そう言い、剣一郎は志乃に目をやった。

「はい」

志乃は頷いた。

「これで、晴れてふたりは夫婦だ」

剣一郎はふたりを祝福してから、

「なれど、やはり、果たし合いに黙って行ったことはよくない」

と、顔をしかめた。

「申し訳ありません」

「いや。剣之助のことだ。十分に勝算があってのことだったのであろう。まあ、よい」

剣一郎は相好《そうごう》を崩《くず》した。

千住宿で、浪人たちを相手に立ち向かった剣之助の剣技に、剣一郎は圧倒されていたのだ。雲水から教わったという技にさらに磨きがかかれば、剣之助は偉大な剣客になる可能性がある。

弱冠二十歳《はたち》にして、剣之助の剣には風格さえあった。

「では、いよいよ、近いうちに出仕するよう、取り計らおう」

見習い与力として、奉行所に復帰する。その日が近づいたことに、剣一郎は安堵の胸をなで下ろした。

四

翌朝、剣一郎は屋敷に京之進を呼んだ。

京之進は門内に供の中間と手先を残し、ひとりで庭先にやって来た。縞《しま》の着物の着流しに羽織を着ている。出仕の途中に、寄ったのである。

「きのう、上州から文七が戻ってきた。七兵衛のことがわかった。伝蔵、又吉、六助の正体もな」

剣一郎が言うと、京之進は身を乗り出した。

「まことでございますか」

「うむ。こういうことだ」

と、剣一郎は文七から聞いたことを説明した。

「つまり、伝蔵たちは『岩城屋』の敷地内に、七兵衛の死体が隠されていると睨んでいるのではないか」

「状況的には真っ黒なのに、証拠がないということですね」

「そうだ。仮に六助を見つけたとしても、浜右衛門を追及する証拠は持っていないだろう。だが、六助の証言によっては、浜右衛門の敷地を調べることが出来るかもしれない。なんとしてでも、六助を探すのだ」

「畏《かしこ》まりました」

「私はこれから、浜右衛門の妻女に会ってみる」

「病気で寝込んでいるとか」

「気うつらしい。だが、なぜ、そんな病気になったのか。会えば、何かわかるかもしれない」

「わかりました。私は、六助の探索に全力を傾けます」

「頼んだ。昼過ぎに、横山町の『信濃屋《しなの》』で落ち合おう」

「はい」

京之進が去ってから、剣一郎は着替え、浪人笠をかぶって外出した。

剣一郎がまず向かったのは大伝馬町《おおてんまちよう》一丁目にある下駄屋の『富田屋《とみた》』だった。『岩城屋』の先代の主人の弟がやっている店だ。

そこの客間で、剣一郎は富田屋と会った。白髪《しらが》の目立つ五十歳近い男だ。

「浜右衛門の妻女のことでききたい」

　剣一郎は切り出した。

「おせんのことですか」

「おせんは気うつでほとんど家の中に閉じ籠もり切りだそうだが？」

「はい。ときたま、見舞いに行きますが、いつも目は虚《うつ》ろで、生気がありません。なぜ、あのようなことになってしまったのか」

　富田屋は嘆息をもらした。

「浜右衛門は、おせんの面倒をちゃんと見ているのか」

「私が目を光らせているので、冷たい仕打ちはしていませんが、ただ、飯を食わせているだけという感じです。私が死んだら、おせんも追い出されるかもしれません」

「なぜ、おせんはそんな病にかかったのだろうな」

「わかりません」

　富田屋は首を横に振り、

「おせんは浜右衛門に惚《ほ》れていました。親の反対を押し切って婿にしましたが、やはり、浜右衛門は兄の危惧《きぐ》したような人間でした。あれだけの店にしたことは認めますが、人間がどこか薄情です。おせんは、そんな浜右衛門の違った面を見ているうちに絶望してしまったんじゃないでしょうかねえ」

「なるほど。で、おせんに会えるか」

「会えますが、会っても張り合いがないと思います」

「それでも構わぬ。会えるように段取りをとってもらえぬか。浜右衛門はなんだかん
だと言い、会わせようとしない」

「わかりました。私がごいっしょいたします」

「そうか。すまぬ」

剣一郎は富田屋といっしょに、神田須田町の『岩城屋』にやって来た。

そして、富田屋が先に『岩城屋』の家族用の玄関を入ったあと、少し間を置いて、
剣一郎は『岩城屋』の店に入った。

「主人を呼んでもらいたい」

剣一郎は番頭に頼んだ。

奥に引っ込んだ番頭が戻って来た。その後ろから、浜右衛門が出て来た。

「これは青柳さまで」

浜右衛門はちらっと皮肉そうな笑みを浮かべた。

「何か御用でございましょうか」

「内儀どのに会いたいのだ」

「いえ、それはちょっと。病気なので、本人も人と会うことを拒《こば》んでいるようです
し」

「僅《わず》かな時間でもだめなのか」

浜右衛門はやんわりと断った。

「はい。本人の負担が大きく、あとで発作が起きる可能性もありますので」

そのとき、後ろから声がした。

「少しぐらいならだいじょうぶだ」

富田屋だ。示し合わせたとおり、富田屋は浜右衛門を説得する。

「今、おせんに会っているが、そんな心配はいらない。私はもう引き上げるから、ご案内してあげなさい」

叔父《おじ》という立場で、富田屋は浜右衛門をせっついた。

「わかりました」

渋々《しぶしぶ》の体《てい》で、浜右衛門は剣一郎を先導した。

富田屋に目配せをし、剣一郎は浜右衛門について行った。

案内されたのは、奥にある小部屋だった。ここが、おせんの生活の場だった。

浜右衛門が襖《ふすま》を開け、剣一郎を中に招じた。おせんが、ちらっと浜右衛門に冷たい目をくれた。

「ふたりで話したい」

剣一郎は浜右衛門に遠慮するように言う。

ちょっと不満そうな表情をして、浜右衛門は部屋を出て行った。

障子を開けると、内庭が見える。

「おせんか。八丁堀与力の青柳剣一郎だ」

おせんは虚ろな目を向けた。ほつれ毛が口許にかかっている。髪の手入れは女中がしているのだろうか。

色白の透《す》き通るような肌だ。だが、血が通っていないように思える。

「ききたいことがある。私の話がわかるなら、教えて欲しい」

剣一郎は勝手に喋《しゃべ》りだした。

「先日、ここで火事騒ぎがあったのを覚えているか」

剣一郎の問いかけに、おせんの反応はない。

「ここをやめさせられた伝蔵という男が逆恨みから火を放ったと思われたが、実際は違った。伝蔵は七兵衛という男を探していたのだ」

壁に向かって、話しているようだったが、剣一郎は構わずに続けた。

「七兵衛はこの家に書画骨董を持ち込んだ。浜右衛門に売るためだ。だが、折り合いがつかなかったのか、浜右衛門が七兵衛を殺した」

おせんの表情が微かに動いた。おせんは聞いている。剣一郎は確信した。

「浜右衛門は七兵衛の死体をこの敷地内のどこかに埋めて隠した。そして、盗んだ書画骨董をさる大名家に贈り、御用達商人になった」

おせんの顔が強張《こわば》っている。

「今、話したことは証拠がない。だが、少なくとも、伝蔵はそう考えて、この屋敷に火を付けたものと思われる。そのあと、又吉という男、それから以前、ここで手代をしていた伊勢吉が殺された」

伊勢吉の名を出したとき、おせんは微かに悲鳴を上げた。

剣一郎は確信した。おせんは正気なのだと。何らかの理由により、気うつを装っているだけなのではないか、と。

「内儀どの。正直に話して欲しい。おまえさんは何か知っているのではないか。ひょっとして、何かを目撃したのではないか」

浜右衛門が七兵衛を殺したか、七兵衛の死骸《しがい》を始末していたところを見てしまったのではないか。

おせんが顔を向けた。口がわななないた。何かを言おうとしている。

剣一郎は期待しておせんの返事を待った。

そのとき、障子の外で大きな物音がした。鉢植えが割れた音だ。おせんはそっちに顔を向けてはっとした。

庭に、浜右衛門がいた。しゃがんで、足元の鉢植えの破片《はへん》を拾っていた。

わざと鉢植えを落としたのだ。

おせんはもとのような無表情に戻っていた。二度と、口を開こうとはしなかった。


剣一郎は『岩城屋』を出た。

すると、少し離れた場所で、『岩城屋』を見つめている男がいた。手拭いを頭からかぶり、煙草《たばこ》売りの格好をしている。剣一郎に気づくと、男はいきなりくるりと体の向きを変えた。

剣一郎はあとをつけた。顔はわからなかったが、六助かもしれないと思ったのだ。

だが、剣一郎の前に、煙草売りの男をつけている者がいた。京之進の手先だと気づいて、剣一郎は追跡をやめた。

そこから、横山町に向かった。

浜右衛門の妻女おせんは何かを知っている。そのことを口にしようとしたとき、浜右衛門に邪魔をされたのだ。

おせんは浜右衛門を恐れている。気うつの振りをしているのも身の安全を守るためではないか。

だが、これも憶測だ。

横山町に入り、『信濃屋』の暖簾《のれん》をくぐった。信州そばの店だ。

ここは、京之進ら定町廻り同心や岡っ引きたちが情報交換のために集まって来るところだ。

二階の小部屋に上がった。まだ、京之進は来ていなかった。

茶を飲んで待っていると、京之進が梯子段《はしごだん》を上がって来た。

「すみません。手の者が六助らしき男を見つけたのに見失ってしまったようです」

「煙草売りの姿の男か」

「ご存じでしたか」

「『岩城屋』を出たとき、その男がいきなり逃げるように去って行った。あとをつけようとしたが、京之進の手の者があとをつけていたので任せたのだ。そうか、見失ったか」

「路地から路地に入り、あっという間に尾行を撒《ま》いてしまったようです」

「六助に間違いはなかったのか」

「つり上がった眉尻の顔は六助に間違いないと言っていました。せっかく、見つけ出しておきながら」

京之進は自分の失敗のように恐縮した。

「いや。六助は当然、見張りがあるのを承知して警戒していたのだ。やむを得ない。それより、あの男が六助だとわかっただけでも収穫だ。やはり、六助は『岩城屋』を諦めていなかったのだ」

「ええ。それより、浜右衛門の妻女はいかがでしたか」

京之進がきいた。

誰も上がって来ないのは、呼ぶまで来るなと、京之進が言い置いていたからに違いない。剣一郎はおせんと会ったときのことを話した。

京之進は難しい顔になった。

「妻女は浜右衛門が何かをやったのを見ている可能性が強いんですね」

「そうだ。だが、それを喋ると身に危害が及ぶ。だから、気うつを装い、じっと耐えているのだ。だが、そんな狂言はいつまでも続けられない。心も体も参ってしまうはずだ。このままではほんとうに気うつになってしまいかねない」

剣一郎は危惧を示した。

「青柳さま。思い切って、『岩城屋』に踏み込みましょうか。浜右衛門を捕まえ、取り調べてはいかがでしょうか」

「うむ」

と、剣一郎は唸《うな》ってから、

「それも考えた。だが、万が一、『岩城屋』から七兵衛の死体が見つからなかったらどうする？」

京之進は返答に詰まった。

「七兵衛の死体が隠されていると考えたのは俺たちの勝手な推測に過ぎない。その証拠がないんだ」

「でも、状況的には……」

「そう、状況的には間違いないと言える。だが、ひとを捕まえるとなれば、それなりの確たる証拠が欲しい。浜右衛門は完全に否認するだろう。又吉と伊勢吉の件と浜右衛門を結びつける直接の証拠も不足している。妻女のおせんが仮に、浜右衛門がひとを殺したと証言しても、気うつのせいにされ、幻覚を見たのだと反論される」

「御用達になっている大名家のほうはどうでしょうか。浜右衛門から書画骨董をもらったかどうか確かめたら」

「正直に答えるとは思えない。賄賂をもらったから御用達にしたということを公《おおやけ》にすることになるからな。それに、それがどんなものかわかっていないのだ。掛軸か屏風か、それとも茶器か」

具体的な品物がわかれば、七兵衛から取り上げたものが大名家に渡ったと証明出来るが、ただ書画骨董だけではどうしようもない。

「では、どうしたらいいのでしょうか」

京之進が渋い顔できく。

「やはり、六助だ。六助に『岩城屋』を訴えさせれば、『岩城屋』を調べることが出来る。なんとか、六助を探すことだ」

もし、徳太郎が生きていれば、又吉、伊勢吉殺しを追及し、そこから浜右衛門まで吟味の手が伸びたかもしれない。

ここまで、浜右衛門に完全にしてやられている。

「まあ、そばでも食べて、考え直そう」

「はい」

京之進は手を叩いて女中を呼び、そばを頼んだ。

そばを食いはじめたとき、ふと京之進が顔を上げた。

「青柳さま」

剣一郎は箸を止めた。

「伝蔵が火を付けたとき、『岩城屋』の裏口に錠がかかっていなかったことはどう考えたらいいんでしょうか」

「そのこともあったな。錠をかけ忘れたということで済ましていいものか……」

内部に手引きをした者がいる可能性は少ない。奉公人は全員、身元がしっかりした者たちだ。伝蔵と親しい者は誰もいなかった。

ただ、伝蔵は下女のおさよと親しかったようだ。もっとも、親しいといっても、おさよはまだ十二、三歳。伝蔵と気脈を通じるとは思えない。

「待てよ。そこが盲点だったか」

剣一郎ははっとした。

「はっ？」

「下女のおさよだ。まだ十二、三歳ということで、考えから外していたが、伝蔵はおさよにいろいろなぐさめの言葉をかけていたらしい。おさよは伝蔵に信頼を寄せていた。その伝蔵に頼まれたら……」

「では、おさよが裏口を開けたと？」

「いや、そうだとは言い切れぬが」

自分でも歯切れが悪いと、剣一郎は忸怩《じくじ》たる思いだった。

そばを食べ終えたとき、梯子段をあわてて駆け上がって来る足音がした。

「旦那。植村の旦那。いますかえ」

廊下で大声がした。

「ここにいる。どうした？」

京之進は立ち上がって、障子を開けた。

手下が汗をかきながら、

「六助をまた見つけました。今度はうまくつけることが出来ました。三河町《みかわちょう》です」

「よくやった」

京之進は覚えず大きな声を発していた。

五

そば屋を飛び出し、剣一郎と京之進は三河町に急いだ。

三河町は『岩城屋』のある神田須田町に近い。まさか、そんな場所に隠れているとは思わなかった。

三河町の小商いの店が並ぶ通りを突き抜けると、武家屋敷の塀が見えて来た。その塀に沿って右手に行くと、天水桶《てんすいおけ》の陰に、京之進の手下が隠れていた。

「どうだ？」

京之進がきいた。

「へえ。奴はこの長屋に入って行きました」

さっきは尾行に気づかれて路地に紛れ込まれ、見失った。それでも、諦めきれずに、見失った近辺で辛抱強く待っていると、ふいに六助が横切って行った。煙草売りの格好ではなかった。

そして、ここまであとをつけて来たのだという。

「裏は？」

「裏にも見張りはいます」

「よし」

京之進は満足げに言い、剣一郎に目を向けた。

「どうしますか」

逃してはならない。もし、ここで逃したら、六助は警戒して、もう『岩城屋』に近づかなくなる。今、ここにいるのは剣一郎を含め、四人だ。

「応援を頼もう」

剣一郎は万全を期すように言った。

「わかりました」

京之進は手下のひとりに奉行所まで突っ走るように言った。

それから、もうひとりの手下に、長屋の様子を見に行かせた。手下は戻って来て、

「静かですが、物音がします。いるはずです」

と、報告した。

「よし、私は裏手にまわる。こっちは頼む」

剣一郎は京之進に言い、長屋の反対側の出入り口に向かった。

西陽が屋根の上に射している。仲秋になり、さらに日は短くなった。

それから四半刻（三十分）後、六助の住まいの戸が開いて、ひと影が見えた。

「あっ、六助が出て来ました」

手下が叫ぶ。

六助が京之進がいるほうに向かって歩きはじめた。が、すぐに立ち止まった。何か異変を察したのか。急に踵《きびす》を返した。

京之進が路地になだれ込んで来た。

六助がこっちに駆けて来た。剣一郎が飛び出すと、六助はたたらを踏んで止まった。

「六助、逃げるな」

剣一郎が一喝すると、六助は茫然とし、肩を落とした。

「六助。おとなしくしろ」

京之進がやって来た。

騒ぎを聞きつけ、長屋の住人が飛び出して来た。女子どもと年寄りだ。男連中はまだ、仕事をしている時間だった。

狭い路地にひしめき合う感じだ。

「心配いらぬ。安心せよ」

京之進が叫んだときだった。六助がいきなり、住人の子どもに飛び掛かった。悲鳴が上がった。

「六助、ばかな真似をやめろ」

京之進が怒鳴る。

「どけ。どかないと、子どもの命はねえ」

いつの間にか、六助は匕首を抜き、子どもの喉に突きつけた。五、六歳の男の子だ。火のように泣きだした。

「やめて」

母親が叫んだ。

「どけ。道を開けろ」

六助は左右に目を配って言う。

「六助。『岩城屋』のことはわかった。伝蔵や又吉は七兵衛が『岩城屋』にいると思っていたのだな。そうだろう。『岩城屋』を捕まえるにはおまえの協力が必要なのだ。落ち着け」

剣一郎は懸命に諭《さと》す。

だが、六助は興奮していて、剣一郎の言葉が耳に入らないようだ。人質の子どもは泣き、母親は喚《わめ》いている。

「仕方ない。道を開けよう」

剣一郎と京之進とで六助を挟《はさ》み打ちにしながら、手が出せない。

京之進は舌打ちし、塀に体をつけるようにして、道を開けた。

子どもを抱えながら、徐々に六助は木戸口に向かう。

「動くな」

京之進が体を動かすや、六助は怒鳴った。

剣一郎は裏口から長屋の建物をまわり、表通りに出た。すると、六助が木戸から飛び出して、お濠《ほり》のほうに向かって駆け出して行った。子どもは解放したようだ。

剣一郎は六助を追った。木戸から京之進たちも飛び出して来た。角を曲がり、路地に入り、六助は敏捷《びんしょう》な動きで逃げた。

「こっちを頼む」

京之進たちに六助が入り込んだ路地を指示し、剣一郎は先に向かった。さっきも、こうやって入り組んだ路地を走り廻り、尾行者を撒《ま》いたのだ。

剣一郎は鎌倉河岸に出たが、六助が逃げて来る気配はない。すぐに、剣一郎は移動する。

　すると、神田鍛冶町《かじちょう》から紺屋町《こんやちょう》へと向かう六助の姿をとらえ、剣一郎は走った。

　六助は藍染川《あいぞめがわ》に沿って走った。藍染橋にさしかかったとき、急に六助が立ち止まった。

　六助の前に、網代笠をかぶった茶の袴姿の侍がいた。

「六助、こっちに逃げて来い」

　剣一郎は走りながら叫ぶ。

　六助は居すくんでいる。刺客の侍が六助に迫った。剣一郎は猛然と刺客の前に躍《おど》り出た。刺客の剣が六助の頭上に打ち下ろされそうになったとき、剣一郎の剣が相手の剣を弾いた。

「六助、うしろに退け」

「あなたは青柳さま……」

　六助とは小塚原で顔を合わせている。

「また、会ったな」

　剣一郎は刺客に剣を向けて言う。

「浜右衛門に頼まれたのか」

　刺客は無言で上段から斬りかかって来た。剣一郎は鎬《しのぎ》で受け止め、鍔《つば》迫《ぜ》り合いに持って行く。

「そなた、何者だ?」

剣一郎は問い質す。

刺客は後ろに飛び退《の》き、剣を右肩に抱え、剣尖を後方に向けた。そして、腰を落としたまま、素早い動きで迫って来た。

剣一郎は青眼に構え、相手を迎え撃った。眼前で、相手は跳躍し、剣一郎の頭上から凄《すさ》まじい勢いで剣を振り下ろした。

剣一郎は腰をぐっと落としてから伸び上がるようにして相手の剣を弾いた。激しい衝撃が手を襲う。

数歩、後方で態勢を立て直し、休むことなく、同じように突進して来た。今度はそのまますれ違うようにして剣を横にないだ。剣一郎は身を翻《ひるがえ》して相手の剣を避ける。

三たび、後方に下がった刺客は剣を右肩に抱え、剣尖を後方に向けた構えで突進して来た。剣一郎は青眼に構えた。

相手が跳躍するか、そのまま走って来るか。その違いを、剣一郎は見抜いていた。跳躍する寸前、走る歩幅が狭くなるのだ。

刺客が迫って来た。相手の歩幅は狭くなった。それを見てとった刹那、剣一郎は思い切って踏み込んだ。

相手が跳躍したときには、剣一郎は相手に迫っていた。見上げた相手の顔に驚愕の色が浮かぶのがわかった。剣一郎の突き上げた剣は、相手の脇腹を突き刺していた。

地べたに足を着いたとき、刺客は片腹を押さえてうずくまった。

剣一郎が刺客の網代笠をとった。月代《さかやき》は剃《そ》っておらず、浪人髷《まげ》だった。三十前後だろう。鋭い顔つきだ。

足音が近づいて来た。京之進たちだった。

「徳太郎を殺した侍だ。手当てをして、背後関係を問い質すのだ」

「はい」

京之進は手下に大八車を借りて来るように命じた。

「六助は?」

辺りを見回したが、六助の姿はなかった。

「逃げられたか」

刺客と闘っている最中に、六助は逃げたのだ。

六助はたったひとりで浜右衛門に復讐をしようとしているのか。その気持ちもわからなくはない。

六助は盗賊一味なのだ。代官所の役人に捕まった仲間はみな処刑され、逃げきったのは伝蔵、又吉、六助の三人だけだった。

この三人とも捕まれば死罪か、よくて遠島《えんとう》だろう。自分たちも、逃げ回らねばならない身だった。だから、奉行所と組むはずはない。

そのとき、あっと手下が叫んだ。

振り向くと、刺客の浪人が刀を拾い、自分の胸を刺したのだ。

「おい、しっかりしろ」

剣一郎は駆け寄り、肩を抱き起こした。

「早まった真似を」

「どうせ、もう仕官はだめだ」

そう言い残し、浪人は絶命した。

「すみません。ちょっと目を離した隙に」

手下は肩を落とした。

「誰の責任でもない。この男にはこうするしかなかったのだ」

「仕官がだめだと言っていましたね」

剣一郎はそっと浪人の体を横たえ、手で瞼《まぶた》を閉じてやった。

「おそらく、浜右衛門が報酬の代わりに、どこかの大名家に仕官の世話をするとでも言ったのであろう」

合掌してから、剣一郎は悔《くや》しそうに呟《つぶや》いた。

「いい腕を持ちながら」

辺りはそろそろ夕闇に包まれようとしていた。

六

暮六つ（午後六時）の鐘が鳴りはじめた。藍染川沿いの家々に明かりが灯っている。

刺客の浪人の亡骸《なきがら》を大八車に乗せて運んだあと、京之進が厳しい顔つきで訴えた。

「青柳さま。こうなったら思い切って、浜右衛門をとり押さえるべきではありませぬか。拷問《ごうもん》にかけてでも、七兵衛の亡骸を埋めた場所を白状させるのです」

「いや。浜右衛門はそんなやわな男ではない。拷問に屈するような男ではない。それに、御用達の大名のほうも、盗品を贈ってもらったなどと言うはずはない」

以前にも議論したことだ。浜右衛門を拘束《こうそく》し、その間、『岩城屋』の屋敷内を探索したとして、七兵衛の亡骸が見つからなかったら、大失態ということになり、奉行所の面目《めんぼく》も丸潰れになるだろう。

六助の協力を得るのが難しい今となっては迂遠《うえん》ながら、上州の代官所に奉行所からひとをやり、盗品の目録を調べ、その上で『岩城屋』が御用達になっている大名家に、これこれの品物を『岩城屋』から手に入れなかったかと問い合わせるしかない。

それでも、大名家のほうで回答を拒否、あるいはそういうものは一切ないと言われたら、それ以上はどうすることも出来ない。

「それに、浜右衛門は毎年、奉行所にかなりの付け届けをしているらしい」

剣一郎は忌《い》ま忌ましげに言う。

「付け届けですか」

京之進ががっくりしたように言う。

「ただ、ひとつの望みは浜右衛門の妻女だ。あの妻女が何かを知っているかもしれない」

剣一郎は虚ろな目をした妻女の顔を思い出して言う。あの妻女は何かを口にしかけたのだ。妻女に最後の望みをかけてもいいかもしれない。

「ともかく、きょうのところは引き上げよう。明日、宇野さまを交え、今後のことを相談しよう」

「はい。わかりました」

気を取り直して、京之進は応じた。

藍染川沿いを歩きはじめたとき、半鐘《はんしょう》が続けざまに鳴った。擦《す》り半鐘だ。はっとして振り返った。暗い空に炎が上がっていた。神田須田町のほうだ。

「まさか」

剣一郎は叫んだ。

「行くぞ」

「はっ」

京之進も、火事が『岩城屋』だと思ったようだ。

『岩城屋』の前は逃げまどうひとでごった返し、近くの家々も家財道具を外に運び出している。

火消しが駆けつけ、次々と周辺家屋を壊しはじめていた。類焼を防ぐためだ。剣一郎は混乱する現場の指揮をとった。

浜右衛門が青ざめた顔で燃える屋敷を見ていた。奉公人は無事に逃げ出すことが出来たらしい。

浜右衛門の妻女も女中に手を引かれ、外に逃げて来た。恐怖のためか、下女のおさよがしゃがんでうずくまっていた。

奉行所からも火事場掛かり与力と同心が駆けつけ、剣一郎に代わって現場の指揮をとった。

刺子半纏《さしこばんてん》を着ている纏《まとい》持ちや梯子持ちが炎の中に突き進む。やがて、屋根の上に、纏が上がった。

大火事に発展するかと恐れたが、発見が早く、また火消しが駆けつけるのも早かったために、『岩城屋』を全焼し、隣家の一部が焼けただけで火事は収まった。

「青柳さま、辺りを探しましたが、六助の姿がありません」

京之進が駆け寄って来た。

六助の仕業だということも考え、京之進は付近を探索させたらしい。

「まだ、付け火かどうかわからないが……」

あのあと、六助がここに戻って火を付けたとは考えにくかった。火の不始末の可能性もある。

町火消の頭と火事場掛かりの与力が剣一郎のところにやって来た。

「青柳さま。火元は台所の脇のようです」

火事場掛かりの与力が言った。

「台所の脇？」

「へい。その辺りが一番燃えていました」

頭が答える。

「火の不始末か」

「それが、どうも付け火らしいんです」

「なんだと」

「台所の脇とはいえ、竈《かまど》と反対の場所なんです。つまり、火の気のない場所から出火しているんです」

「明日、明るくなったら、改めて調べてみます」

火事場掛かりの与力が言う。

翌朝、剣一郎が『岩城屋』に行くと、焼け跡に浜右衛門が不安そうな顔で立っていた。

柱や屋根の骨組みだけを残し、すっかり焼けた家を見つめながら、浜右衛門はじっとしている。

番頭や手代らが焼け跡に入って後片付けをはじめた。台所付近に、京之進がいた。火事場掛かりの与力や同心もいっしょだ。火元を改めているのだろう。

「とんだ災難だったな」

剣一郎が声をかけると、浜右衛門ははっとしたように顔を向けた。

「青柳さま。どうも」

浜右衛門は軽く頭を下げ、

「まったく驚きました。夕飯を食べているときに火事騒ぎでしたから」

「奉公人はどこに行ったのだ？」

「はい。親しくしている商家に避難しました」

「内儀どのは？」

「はい。叔父の家に引き取られました」

大伝馬町一丁目にある下駄屋の『富田屋』だ。

「旦那さま。お見舞いに……」

番頭が浜右衛門に近づいて、何か囁《ささや》いた。

浜右衛門は頷《うなず》き、

「失礼します」

と剣一郎に言い、番頭といっしょに通りのほうに向かった。

火事見舞いの客が詰めかけて来ているようだ。

剣一郎は改めて焼け跡を眺《なが》める。この敷地のどこかに、七兵衛が埋められているかもしれない。

だが、土を掘り返さねばならず、すぐには見つからないだろう。

下女のおさよが虚ろな目で、焼け跡を見つめている。

「おさよ」

剣一郎は声をかけた。

おさよはびくっとした。怯《おび》えているようだ。きのうの火事が怖かったのだろう。

「怖い思いをしたな」

剣一郎がいたわるように言った。

おさよは黙って俯いた。泣きそうな顔だ。

京之進がこっちに向かって来る。おさよが逃げるように離れて行った。

「青柳さま。やはり、付け火の可能性が大きくなりました」

京之進が少し興奮した口調で続ける。

「炭のようになった薪《たきぎ》が残っていました。燃えている薪をあの場所に置いたようです」

「燃えている薪だと」

妙だと思った。

「おそらく、竈《かまど》から薪を取り出したのではないでしょうか。六助の仕業ではないようです。六助が屋敷内に侵入出来たとは思えませんし、六助なら薪などで火を付けないでしょうから」

「そうだな」

「伝蔵が屋敷内に入って火を付けたこともそうですが、やはり、奉公人の中に仲間がいて、今度はその者が実行したとは考えられませんか」

「その可能性が強そうだな」

そう答えたものの、剣一郎はさっきの下女のおさよのことを気にしていた。伝蔵が親しく言葉を交わしたのはおさよだけだ。

おさよが伝蔵に頼まれて裏口の錠を外したということは考えられなくはない。だが、今度は付け火だ。おさよがそこまでするだろうか。まだ、十二、三歳の子どもなのだ。

「奉公人のことを改めて調べてみます」

「うむ。頼んだ。私は、『富田屋』に行って来る」

京之進が去ったあと、剣一郎は大伝馬町一丁目にある下駄屋の『富田屋』に向かった。浜右衛門の妻女おせんが引き取られているという。

剣一郎が訪れると、富田屋がすぐに出て来て、おせんのところに案内してくれた。

おせんは剣一郎を見て、戸惑《とまど》いの色を目に浮かべた。

「このたびはとんだ災難だったな」

剣一郎が声をかけると、おせんは軽く頷いた。

「内儀。この前、そなたは何か言いかけた。しかし、庭に浜右衛門が現われて邪魔をされた。ここには浜右衛門はいない。話してくれないか」

おせんは苦しげな表情で俯いた。おせんは気うつではない。単に、そう装っているだけだと、剣一郎は見抜いた。

「そなたは、浜右衛門が七兵衛という男を殺す現場を見てしまったのではないか。それから、そなたは浜右衛門の恐ろしさに気づいた。だから、そなたは気うつの振りをして、何ごとにも関心を示さないようにした。違うのか」

おせんは片手を畳につき、崩《くず》れそうになる体を支えた。

「そのことに関係して、四人の男が死んでいるのだ。そなたは、自分を病気と偽り、目を塞《ふさ》いできた。そのことがどんな結果をもたらしているか、考えるがよい」

「青柳さま」

富田屋が耐えかねたように口をはさんだ。

「おせんは病気なのでございます。どうか、そのように問い詰めては……」

「いや、富田屋。おせんは病気ではない。病気の振りをして、いっさいから逃げているのだ。そんなことをしても何の益もないどころか、かえって周囲に災いを振りまいていることに気づかず」

「まさか」

富田屋が唖然《あぜん》とした。

そのとき、店先から大声がした。

「こちらに青柳さまがいらっしゃっておいででしょうか」

京之進の手下の声だ。

剣一郎は出て行った。

「あっ、青柳さま。植村の旦那《だんな》がすぐ来てくださいとのことです。下女のおさよが付け火を白状したそうです」

「なに、おさよが？」

一瞬、剣一郎の頭は混乱した。

「須田町の自身番です」

「すぐ、行く」

いったん、富田屋とおせんのもとに戻った。

「すぐ行かなければならなくなった。また、改めて訪ねる。富田屋。おせんを頼んだぞ」

「はい」

剣一郎は『富田屋』を飛び出した。

下女のおさよが付け火をしたなど考えられない。伝蔵に頼まれて裏口を開けたとしても、自ら付け火などありえない。

何かの間違いだと思いながら、剣一郎は自身番に駆け込んだ。

奥の三畳の板敷きの間で、おさよが泣きじゃくっていた。

京之進がやって来て、

「おさよは竈から燃えている薪を一本抜き取り、台所を出たところの床下に置いたと言っています。こっちの調べと合致します」

京之進は暗い顔でやりきれないように言った。

ばかな。まだ、頑是無《がんぜな》い子どもではないか。剣一郎は奥の板敷きの間に行った。

「おさよ」

嗚咽《おえつ》を漏らしているおさよに声をかけた。

「おまえが火を付けたというのは嘘であろう。なぜ、嘘をつく?」

剣一郎は嘘だと決めつけてきいた。

「いえ、私でございます。私が火を付けました。申しわけございません」

泣きながら、おさよははっきりした声で答えた。

「おさよ」

剣一郎は憤《いきどお》りを抑えてきいた。

「では、訊《たず》ねる。なぜ、そのようなことをしたのだ?」

「家に帰りたかったのです。ととさまとかかさまのところに帰りたかったのです。お店が火事になれば帰れると思ったのです」

「お店の仕事がつらかったのか」

「仕事はつろうございました。でも、それには我慢出来ました。だけど、ととさまとかかさまのところに帰りたかったのです」

剣一郎は深くため息をついた。

「付け火がどんな大罪であるか、知っておろう」

「はい」

「それでも、家に帰りたかったのか」

「はい」

再び、おさよは泣きじゃくった。

「伝蔵が付け火をしたとき、裏口を開けたのはおまえか」

「はい。そうです。お店が燃えてなくなれば、家に帰れると思って伝蔵さんに頼んだのです」

伝蔵は自分の思いと、おさよの思いを同時に叶《かな》えるために火を付けたのかもしれない。

「そのために、伝蔵が火焙りになったというのに、それでも家に帰りたかったのか」

「はい。帰りとうございました」

「家じゃ、おまえの両親は江戸でおさよは頑張って奉公していると思っているぞ」

「はい……」

おさよは泣き崩れた。

剣一郎は店番や家主に、

「おさよはゆうべの火事の興奮からあらぬことを口走っている。落ち着くまで、しばらくここに置いてやってくれ」

と頼んだ。

「はい。畏まりました」

剣一郎は外に出て、京之進と顔を見合わせた。

「青柳さま。やはり、おさよの仕業でしょうか」

京之進がやりきれないようにきく。

「間違いないようだ」

「おさよはどうなりましょうか」

「家を全焼させた。最悪は火焙りの刑になるかもしれぬ。ただ、十五歳になっていない。十五歳になるまで実家で住まわせ、それから遠島か」

「なんとか助けることは出来ないのでしょうか」

京之進が訴える。

「おさよが嘘だと言ってくれればいいのだが」

剣一郎は思い悩みながら言う。

「青柳さま」

駆けて来たのは富田屋だった。

息が弾んでいるのは走って来たせいばかりではないようだった。

「おせんが話しました。庭の北の外れに古井戸があるそうです。今は植込みの陰に隠れて見えなくなっています」

「よし、わかった。京之進、『岩城屋』へ」

剣一郎は『岩城屋』に向かった。

『岩城屋』に行くと、浜右衛門の姿はなかった。火事見舞いの客の相手をしているのか。

庭に入り、剣一郎は焼け落ちた家屋の脇を北に向かった。京之進と手下が続く。

植込みの中に井戸を埋めた跡があった。

「これだ」

剣一郎は井戸であることを確認した。

「よし。掘れ」

京之進の声に、手下や応援の若い男たちがいっせいに古井戸に駆け寄った。

石や土などが投げ込まれており、底まで掘り進めるのに時間がかかった。

「何をしているのですか」

背後で、いきなり大声がした。

振り返ると、浜右衛門が血相を変えて迫って来た。

「浜右衛門。古井戸を検《あらた》めておる」

剣一郎は浜右衛門を押し止める。

「いったい、誰の許しを得てのことですか。青柳さま。あまりに横暴なやり方。許されると思っておいでか」

「浜右衛門。何をそんなに逆上しているのだ。ここに何か埋まっているとでも言うのか」

開きかけた口を閉ざし、浜右衛門は剣一郎に恨みがましい目を向けた。

さらに半刻（一時間）が経ち、ようやく井戸の底に近づいた。

「おおい、明かりを」

井戸の奥から声が聞こえた。

すぐに蠟燭《ろうそく》に火を付けてがん灯提灯が井戸の中に下ろされた。

やがて、井戸の奥から絶叫が聞こえた。

「死体です。人間の死体があります」

悲鳴を上げ、浜右衛門が逃げ出した。剣一郎はすぐに追いかけて、浜右衛門をとり押さえた。

「七兵衛だな」

剣一郎は問い質した。

浜右衛門ががくっと膝を落とした。

「七兵衛を殺し、書画骨董を取り上げたこと、明白だ。こうなったら、なにもかも有《あり》体《てい》に言うのだ」

「知らない。私は何が何だかさっぱりわからない」

「この期《ご》に及んで、まだとぼける気か」

「知らない。私がやったんじゃない」

浜右衛門は震えながら喚《わめ》く。

井戸から死体がつるし上げられた。七年近く経っているとはいえ、ずっと土の中だったせいか、白骨化せず、原形を保っていた。

「七兵衛だな」

剣一郎は浜右衛門を問い詰める。

「知らない。私には関係ない」

なおも、浜右衛門はしらを切る。

そこに、野次馬をかきわけて庭に入って来た男がいた。眉尻のつり上がった男だ。

「六助か」

剣一郎は覚えず声を出した。

「はい。お騒がせしました。そこの死体を見せてくださいませんか」

「よし、いいだろう」

剣一郎は六助を死体のそばに連れて行った。

六助はずっと死体を見つめていたが、やがてぽつりと言った。

「間違いありません。七兵衛さんです。顔はただれておりますが、特徴は見てとれます。まさか、こんなはっきりした姿でいてくれたとは……」

「六助。よく、出て来てくれた。七兵衛は盗んだ書画骨董をここに運んだんだな」

「はい。五年前、雪舟《せっしゅう》の秋冬山水図四幅、花鳥図屏風などを欲している客がいるということで江戸に向かいました。それきり、戻って来ませんでした。その間、隠れ家が襲われ、皆捕まりました。七兵衛さんが裏切るはずはない。それで、あっしらは、それ以来、復讐のために江戸を歩き廻っていたんです。そして、今年のはじめに、ひょんなことから、さる大名家に、雪舟の秋冬山水図四幅があると小耳に挟《はさ》み、その出所が『岩城屋』だとわかったのです。ただ、証拠がありません。それを探るために、伝蔵が『岩城屋』にもぐり込むことになったんです。それが、失敗して」

「伊勢吉をそそのかしたのも、おまえだな」

「はい。又吉が殺され、やったのは『岩城屋』に間違いないと思いました。でも、やはり、証拠はない。それで、以前に手代だった伊勢吉に、七兵衛を殺したのを見ていたと言わせ、脅迫したのです。ところが、伊勢吉まで死なせてしまった」

六助は苦しげに顔を歪めた。

「伊勢吉のことは知っていたのか」

「へい。『岩城屋』のことを調べているうちに、五年前にやめた手代がいると聞いて、探し出したんです。それで、会って話を聞きました。でも、七兵衛さんのことは何も気づいてはいませんでした。でも、又吉まで殺され、あっしの身も危うくなったので、伊勢吉さんを利用して『岩城屋』に揺さぶりをかけようとしたんです」

「そうか。よく、話してくれた」

「いえ、お礼を言うのはこっちです。七兵衛さんを探し出してくれたんですから」

「七兵衛は、おまえたちにとって、そんなに大事な男だったのか」

「そうです。あっしたち三人にとっては父親のような存在でした。これで、思い残すことはありません。伝蔵や又吉のところに行けます」

　六助の面やつれした顔に笑みが広がった。

　剣一郎はふっと耳元で誰かが囁いたような錯覚がした。いや、心の中のもうひとりの剣一郎が囁いたのだ。

　その囁きの内容に気づいて、剣一郎ははっとした。ばかな。何を考えている。すると、もう一方の声が捲《まく》し立てる。

　どうせ、六助は死罪だ。死んで行く身だと、しきりに訴える。葛藤しながら、剣一郎は思い切って口を開いた。

「『岩城屋』におさよという下女がいた。まだ、十二、三歳の子どもだ」

「へえ、知っています。伝蔵がよく話していました。夜、ひとりで泣いている下女がいる。頑是無い子どもで痛々しいと」

「そうか。知っていたか」

「親が恋しくて泣いていたんでしょう。火事になれば、家に帰れる。伝蔵にそんなことを話していたそうです。伝蔵はそれを聞いて、火付けをするから裏口を開けろと
……」

六助は何かに気づいたように顔色を変えた。

「まさか、このたびの火事。おさよが？」

「お店が焼ければ家に帰れると思ったそうだ」

「そうですかえ。おさよが」

俯いて何かを考えていたが、ふと六助は顔を上げた。

「青柳さま。最期にお願いがございます」

六助は真剣な眼差しで、

「あっしは、今までさんざん悪さをしてきて、この五年は復讐のためだけに生きてきました。死ぬ前に、何かいいことをしたいんです。真人間になって死んでいきたいと思います。お許し願えませんか」

「六助」

「きのうは、青柳さまは体を張って、あっしを助けてくださいました。あっしも、ひと助けをしてえ。どうか、その機会を与えてやってくださいませんか。いえ、あっしだけの考えじゃねえ。伝蔵もそう言っているような気がするんです。おさよを助けてやってくれと」

「六助。このとおりだ」

剣一郎は頭を下げた。

「よしてくだせえ。お礼を言うのはあっしのほうだ」

六助は仕合わせそうな笑みを浮かべた。


翌日、一晩自身番に泊められたおさよに、剣一郎は会いに行った。

そして、お解き放ちを告げたのだ。

「どうしてでございますか。私が火を付けたのでございます」

おさよが訴えるのを、

「おさよ。これ以上、偽《いつわ》りを申すと許さん。下手人はもう自訴して来た。伝蔵の友人で六助というものだ」

「伝蔵さんの？」

おさよは怪訝《けげん》そうな顔をした。

「そうだ。六助は、伝蔵からおさよのことをよろしく頼むと言われていたらしい。わかったな。伝蔵や六助のためにも、これからしっかり生きていくのだ」

「だって、私は……」

「あれは夢だった。そうだ、夢だったのだ。悪い夢を見たのだ。それから、いったん、おまえは国へ帰れ」

「国に帰れるのですか」

「そうだ。そして、改めて奉公に出て来い。そのとき、『岩城屋』の内儀どのがおまえの面倒をみてくれるそうだ」

妻女のおせんは『岩城屋』を立て直すことを誓ったのだ。

二日後、奉行所にて、剣一郎は宇野清左衛門と共に、長谷川四郎兵衛に事件の報告をした。

しらを切っていた浜右衛門も、ついに観念して、すべてを白状した。これにより、事件の全貌が明らかになったが、剣一郎が考えたとおりであった。浜右衛門は獄門を免れまい。

難しい顔で聞いていた四郎兵衛は、

「もっと、うまくやっておればあんなに犠牲者を出さずに済んだのではないか。そなたには反省すべきところは素直に反省してもらわねばならぬ」

と、激しい口調で責めた。

これからの剣之助のことがあるので、剣一郎は素直に頭を下げるしかなかった。

「ごもっともでございます。肝《きも》に銘《めい》じておきます」

「ふん」

四郎兵衛は顔を歪めて横を向く。そなたの言葉など信用出来ぬ。そういう態度だった。

「つきましては、『岩城屋』が御用達の大名家のほうですが、雪舟の秋冬山水図四幅は盗品だったわけですが」

「だまらっしゃい。そこまで、奉行所が立ち入ることは出来ぬ」

そのままにせざるを得ないと、四郎兵衛は言っているのだ。よけいな面倒を避けたいのだろう。

これは仕方ないことか。

「長谷川どの。青柳どののおかげで、五年前の埋もれていた事件が解決を見たのです。そのことは素直に讃えてもよいのではござらんか」

「出来ぬな」

四郎兵衛は憎々《にくにく》しげに言う。

「はい。申し訳ございません」

剣一郎は頭を下げた。

「では、これにて」

四郎兵衛が立ち上がった。

「あっ、長谷川さま」

剣一郎は呼び止めた。

「明日から、伜、剣之助がまた出仕いたします。どうか、よろしくお願いいたします」

「青柳どの」

立ち上がった四郎兵衛がいくぶん腰を落として、剣一郎の顔を覗き込むようにして、

「あの剣之助という男」

と、顔を歪めて見せた。

「父親とは段違いに見所のある若者だ。とうてい父子とは思えぬ。剣之助に伝えよ。楽しみにしておるとな」

意外な言葉に、剣一郎は覚えず去って行く四郎兵衛の背中に頭を下げていた。

一〇〇字書評

切り取り線

仇返し

購買動機（新聞、雑誌名を記入するか、あるいは○をつけてください）	
□（　　　　　　　　　　　　）の広告を見て	
□（　　　　　　　　　　　　）の書評を見て	
□ 知人のすすめで	□ タイトルに惹かれて
□ カバーが良かったから	□ 内容が面白そうだから
□ 好きな作家だから	□ 好きな分野の本だから

・最近、最も感銘を受けた作品名をお書き下さい

・あなたのお好きな作家名をお書き下さい

・その他、ご要望がありましたらお書き下さい

住所	〒				
氏名		職業		年齢	
Eメール	※携帯には配信できません	新刊情報等のメール配信を 希望する・しない			

この本の感想を、編集部までお寄せいただけたらありがたく存じます。今後の企画の参考にさせていただきます。Eメールでも結構です。

いただいた「一〇〇字書評」は、新聞・雑誌等に紹介させていただくことがあります。その場合はお礼として特製図書カードを差し上げます。

前ページの原稿用紙に書評をお書きの上、切り取り、左記までお送り下さい。宛先の住所は不要です。

なお、ご記入いただいたお名前、ご住所等は、書評紹介の事前了解、謝礼のお届けのためだけに利用し、そのほかの目的のために利用することはありません。

〒一〇一-八七〇一
祥伝社文庫編集長　清水寿明
電話　〇三（三二六五）二〇八〇

祥伝社ホームページの「ブックレビュー」からも、書き込めます。

www.shodensha.co.jp/bookreview

祥伝社文庫

仇返《あだがえ》し　風烈廻《ふうれつまわ》り与力《よりき》・青柳剣一郎《あおやぎけんいちろう》

平成22年10月20日　初版第1刷発行
令和 6 年 6 月25日　　　第5刷発行

著　者　小杉健治《こすぎけんじ》
発行者　辻　浩明
発行所　祥伝社《しょうでんしゃ》
東京都千代田区神田神保町3-3
〒101-8701
電話　03（3265）2081（販売部）
電話　03（3265）2080（編集部）
電話　03（3265）3622（業務部）
www.shodensha.co.jp

印刷所　堀内印刷
製本所　ナショナル製本
カバーフォーマットデザイン　中原達治

Printed in Japan ©2010, Kenji Kosugi　ISBN978-4-396-33619-6 C0193